상처받은 마음을 치유하는 한마디의 힘.
동서고금을 관통하는 참 말씀!

명 언

무울 엮음

상처받은 마음을 치유하는 한마디의 힘.
동서고금을 관통하는 참 말씀!

명 언

초판 1쇄 인쇄 ∣ 2009년 11월 20일
초판 1쇄 발행 ∣ 2009년 11월 25일

펴낸곳 ∣ 도서출판움터미디어

등록 ∣ 1995.09.22(제313-2009-155호)
주소 ∣ 서울시 마포구 대흥동 165-3
전화 ∣ 02-926-4094
팩스 ∣ 02-926-4097

ⓒ 움터미디어 2006 Printed in KOREA

ISBN 978-89-86755-43-5
값 9,000원

＊잘못 만들어진 책은 바꾸어 드립니다.

상처받은 마음을 치유하는 한마디의 힘.
동서고금을 관통하는 참 말씀!

명언

무을 엮음

도서
출판 움터미디어

외로우니까 사람입니다.

결점이 많으니까 친구가 필요합니다.

꿈이 있으니까 희망이 있습니다.

넘어지고 쓰러져도

기쁜 마음으로 다시 일어날 수 있는

사람이었으면 좋겠습니다.

TO:

_____

_____

FROM:

_____

_____

주위를 아무리 둘러보아도 지금 나보다 더 슬픈 사람은 없어 보일 때가 있습니다.
절망이라는 구렁텅이에 빠져 허우적거릴 때는 주위 사람들의 그 어떤 말도 내게 도움이 되지 못함을 알고 있습니다.

그러나 잠시 잠깐 생각해보면 어려운 상황에 처한 내 모습은 다름 아닌 내 자신이 원인이란 걸 느끼게 됩니다. 어떤 사람도 나를 그런 어려움으로 넣지 않았던 것입니다.
잘못된 나의 행동들이 쌓여서 지금의 내가 여기 있는 것입니다.

자신을 다스리지 못하는 사람은 인생의 긴 시간 속에 절망의 늪에 여러 번 빠지게 됩니다.
주위를 아무리 둘러보아도 나를 위해 손을 내밀어 줄 사람이 아무도 없을 때 단 한마디의 말이 나를 절망에서 끄집어 낼 수 있는 힘이 될 수 있습니다.

이 책이 많은 독자에게 삶의 활력소가 되리라고 확신합니다.

엮은이

세상에 처음 나온 나는 어디로 갈지 몰라

허둥대는 작은 생명일 뿐이었습니다.

하지만 넘어지고 쓰러지며

하나 둘 배워나가고 있습니다.

많은 고난과 역경 속에서도 꿈을 향하던 내 시선은

한번도 다른 곳을 보지 않았습니다.

아직도 멀고도 먼 여행이지만 두렵지는 않습니다.

목적지를 향해 가는 모든 것들이

내게는 행복이기 때문입니다.

나를 찾아 떠나는 여행

첫 번째 여행
희망이 마음에게

두 번째 여행
마음이 마음에게

세 번째 여행
세상이 나에게

남자 그리고 여자

작은 실패에 좌절하고 포기하는 모든 사람들에게

세상이 모두 끝난 것 같지만 희망만은 버리지 마세요.

인생은 어쩌면 성공보다는 실패의 연속일 것입니다.

희망을 딛고 굳건히 다시 일어나는 당신을 보고 싶습니다.

희망이 마음에게

인생은 하나의 실험이다. 실험이 많아질수록 당신
은 더 좋은 사람이 된다.

- 에머슨

> 좋은 결과가 나오든 나쁜 결과가 나오든 개의치 말자. 내
> 앞에 놓인 시련을 담대하게 받아들일 때 나는 더욱더 훌
> 륭한 사람이 되는 것이다.

인생은 우주의 영광이요, 또한 우주의 모욕이다.

- 파스칼

> 천지 만물 중에 인간처럼 창조주에게 복잡미묘한 생각을
> 던져주는 개체는 없을 것이다.
> 어느 때는 겸손한 조화를 부리다가도 또 어느 때는 파괴
> 를 일삼고 있으니 말이다.
> 그리곤 늘 용서를 구하는 것이 그 어떤 개체보다 고민을
> 하게 만드는 종족이다.

인생은 반복된 생활이다. 좋은 일을 반복하면 좋은
인생을, 나쁜 일을 반복하면 불행한 인생을 보내는
것이다.

- W.NL.영안

세상 모든 사람에게 하루의 시간은 공평한 것이다. 누가
어떻게 쓰느냐는 전적으로 자기의 몫인 것이다. 행복한
삶을 살고 싶다면 그런 행동을 하면 되는 것이다.

인생의 위대한 목표는 지식이 아니라 행동이다.

- 헉슬리

역사는 늘 행동하는 사람들의 의해서 쓰여졌다.
행동하지 않는 지식은 쓰레기에 불과하다.

인생은 한 권의 책과 같다. 어리석은 이는 그것을 마구 넘겨버리지만, 현명한 인간은 열심히 읽는다. 단 한 번밖에 인생을 읽지 못한다는 것을 알고 있기 때문이다.

- 상 파울

내 인생에서 지금 이 순간은 다시는 오지 않는다는 것을 사람들은 망각하는 경우가 있다.
정신을 차렸을 때는 이미 늦었을지도 모른다. 순간순간을 헛되이 보내지 말자.

남의 생활과 비교하지 말고 네 자신의 생활을 즐겨라.

- 콩도르세

앞서 가는 사람들을 우두커니 바라보고 내 자신을 한없이 초라하게 만든다면 아까운 시간만 허비하는 것이다.
누구의 시선도 아랑곳하지 않고 자신만의 색깔을 가질 때 자신의 삶이 풍요로워질 것이다.

종이라고 하는 것은 치면 소리가 난다. 쳐도 소리가 나지 않는 것은 세상에서 버린 종이다. 보통 사람이란 사랑하면 따라온다. 사랑해도 따라오지 않는 사람은 또한 세상에서 버린 사람이다.

- 한용운

누군가에게 사랑 받고 싶은 사람은 먼저 자신이 사랑을 받을 준비가 되어 있는지를 봐야 한다.

인생의 어려움은 선택에 있다.

-무어

어렸을 적 "엄마가 좋아, 아빠가 좋아?" 란 질문을 많이 받는다.
곤혹스러워 하는 나를 보며 어른들은 즐거워한다.
인생도 우리에게 매 순간 선택을 하라고 강요하곤 뒤에서 웃음을 짓나 보다.

지나치게 숙고하는 인간은 큰 일을 성취시키지 못
한다.

-실러

생각을 다 정리하고도 행동에 옮기지 못하는 사람처럼
바보가 없다
실패의 두려움은 접어두고 일단 시작을 해 보는 것이 좋
다.

시련의 순간마다 웃음의 능력을 보았다.
웃음은 막막한 절망과 견딜 수 없는 슬픔을
극복할 수 있게 하는 단 하나의 힘이었다.

- 봅 호프

억지로 웃는 웃음도 어느 정도의 효과가 있다는 뉴스를
보았다.
웃을 일이 있어서 웃는 게 아니라 웃어야 좋은 일이 생기
는 것을 명심하자.

인생을 살아가면서 나는 한 가지 분명한 사실을
알게 되었다.
열린 마음을 잃지 않는 것이야말로 무엇보다 중요
하다는 것이다.
열린 마음은 사람에게 가장 귀중한 재산이 된다.

- 마틴 부버

냉장고에서 물건을 꺼내려면 제일 먼저 냉장고의 문을 열
어야 한다. 문을 열지 않으면 어떤 물건도 넣을 수도 꺼
낼 수도 없다.

부모를 섬길 줄 모르는 사람과는 벗하지 말라.
왜냐하면 그는 인간의 첫걸음으로부터 벗어난 사람이기 때문이다.

- 소크라테스

바쁜 출근시간에 와이셔츠 단추를 한 구멍씩 밀려서 끼운 적이 있다. 그것은 어떻게 할 도리가 없다. 단지 풀러서 다시 끼우는 방법이 유일하다.
인간으로서 첫단추를 잘못 끼우면 마지막엔 인생이 어긋나게 마련이다.

지성이란 그것을 갖고 있지 않는 사람에게는 보이지 않는다.

-A.쇼펜하우어

아무리 좋은 것이라도 그것의 판단기준이 없는 사람에게는 의미가 없는 것이다.
자신에게 좋은 기회가 와도 그것을 알아보지 못하면 그냥 날아가는 연기일 뿐이다.

연애의 힘은 실제로 연애를 경험하지 못하면 알 수 없다.

-프레보

사람이 제일 공포스러워하는 죽음조차도 사랑 앞에서 아무것도 아닌 것이 될 때가 많다. 하지만 이것은 경험하지 못한 사람에게는 전혀 공감이 가지 않는 사항이다.

참나무가 더 단단한 뿌리를 갖도록 하는 것은 바로 사나운 바람이다.

-조오지 허버

시련이 닥치면 우선 드는 생각은 주위 사람들은 모두 행복해 보이는데 왜 나한테만 이런 고통이 올까 하고 원망을 한다. 그러나 이런 모든 시련들은 내 인생을 살찌우는 신의 선물인 것이다.

게으름은 천천히 움직이므로 가난이 곧 따라잡는
다.

-프랭클린

천재도 게으름 앞에선 아무 소용이 없다. 게으름만큼 무
서운 질병을 아직 보지 못했다.
아무것도 하지 않는 것만이 게으름이 아니다. 해야 할 일
을 하지 않는 것도 게으름이고 오늘 할 일을 내일로 미루
는것도 게으름이다. 이 모든 것들이 자신을 점점 실패한
인생으로 몰고 가는 질병들인 것이다.

한가한 인간은 고인 물처럼 끝내 썩어버린다.

-프랑스 명언

어딘가에 안주하고 싶어질 때 그 사람은 게으름에 들어서
고 그러면 얼마 지나지 않아 그 사람은 도태되고 만다. 무
엇인가를 끊임없이 갈구할 때 비로소 인간은 매일 매일 새
로운 삶을 살 수 있는 것이다. 날개를 접으면 땅에 떨어지
듯 세상은 항상 우리에게 날개를 펄럭거릴 것을 요구한다.

한 명의 죽음은 비극이요, 백만 명의 죽음은 통계이
다.

-스탈린

한 명을 죽이면 살인자지만, 백만 명을 죽이면 영웅이 된
다. 씁쓸한 말이지만 이것이 사실이다.

행운은 마음의 준비가 있는 사람에게만 미소를 짓
는다.

-파스퇴르

행운은 특정한 누군가에게 오는 것은 아니다. 누구에게나
오는 것이지만 준비가 되어 있는 사람은 그것을 알아보
는 것이고, 준비가 안 되어 있는 사람은 행운이 언제 왔
다 갔는지도 모르고 왜 나에게는 그런 행운이 오지 않느
냐고 한탄만 한다.

험한 언덕을 오르려면 처음에는 서서히 걸어야 한다.

-세익스피어

처음에 열정적인 사람치고 오래가는 사람을 아직 보지 못했다.
거북이는 천천히 가지만 쉬지 않기 때문에 토끼를 이길 수 있었다.

후회의 씨앗은 젊었을 때 즐거움으로 뿌려지지만, 늙었을 때 괴로움으로 거둬 들이게 된다.

-콜튼

어차피 지나간 시간, 후회하는 일들은 매 순간 일어난다. 다만 그 횟수를 줄이기 위해서 우리는 우리 앞에 놓인 단한 시간 한 시간을 알차게 보내야 하는 것이다.

순간을 지배하는 사람이 인생을 지배한다.

-에센 바하

빈둥빈둥 시간을 보내는 이 순간이 내 인생의 미래를 결정하는 것들이다
행복한 인생을 꿈꾼다면 정신차리고 단 일초라도 헛되이 보내지 말자.

근심하지 말라. 근심은 인생을 그늘지게 한다.

-페스탈로찌

사람이 근심, 걱정이 많아지면 얼굴에 그늘이 드리운다. 그러면 되는 일도 잘 안 되는 경우가 많이 있다. 지나간 일은 지나간 일로 남겨두는 대범함이 나를 좀 더 생기있게 살 수 있게 한다.

사막이 아름다운 것은 어딘가에 물을 숨기고 있기 때문이다.

-생텍쥐베리

지금 내 처지가 곤궁하다고 너무 낙담할 필요는 없다. 희망을 놓지 않고 포기하지 않으면 행운은 자기가 생각한 것보다 더 빨리 찾아올 수 있다.

행복하게 사는 것은 일상의 토대를 굳힌 후에야 가능하다.

-마거릿 보네노

모든 것은 기초가 중요하다. 아무리 화려한 것일지라도 밑받침이 튼튼하지 못하면 사상누각일 뿐이다.

인간의 죽음은 패배했을 때가 아니라 포기했을 때에 온다.

-닉슨

성공과 실패라는 것은 다른 무언가의 시작점에 불과한 것이다.
포기란 그 뒤에 아무것도 없음을 의미하는 것이다. 아무것도 없음은 곧 죽음이다.

신은 어딘가 하늘 아래 그대만이 할 수 있는 일을 마련해 놓았다.

-호러스 부쉬엘

사람은 저마다 먹고 살 수 있는 한 가지 재주는 타고났다. 다만 찾지 못했거나 찾았더라도 하기 싫어서 피해 다닐 뿐이다.

실패란 성공이란 진로를 알려주는 나침반이다.

-데니스 월트리

버스를 타기 위해선 버스 정류장으로 가야 되듯이, 성공을 위해서 실패를 해야 한다.
실패는 성공으로 가는 일련의 과정 중 하나일 뿐이며 반드시 거쳐야 하는 것이다.
성공은 반복되는 실패의 부산물이다.

인간은 재주가 없어서라기보다는 목적이 없어서 실패한다.

-윌리암 A 빌리 선데이

힘들게 쌓는 모든 지식과 기술은 자신의 꿈을 이루기 위한 수단일 뿐이다.
꿈이 없다면 이 모든 것은 아무 의미가 없는 것이다.

친구가 많다는 것은 친구가 전혀 없다는 것이다.

- 아리스토텔레스

친구의 많고 적음은 순전히 자기 주관적인 판단 기준의
엄격함의 차이일 뿐이다.
그냥 연락만 하는 사람도 친구라고 정의 내리는 사람이
있는가 하면 정말 내 마음을 이해하고 있는 사람을 친구
라고 말하는 사람의 차이일 뿐이다.

친구들을 불신한다는 것은 그들에게 속은 것보다
더 수치스러운 일이다.

- 로셔푸코

친구가 되기까지가 시험이지 그 다음엔 그냥 믿어주는
것이 좋다.
친구가 되어서도 신뢰하지 못한다면 그건 친구가 아니라
는 증거이다.

궁핍과 곤란에 처한 때야말로 친구를 시험하기 가
장 좋은 기회이다. 어떠한 때에도 곁에 있어 주는
것이 참된 친구이다.

자신의 곤경에 옆에 있어준 친구가 고마운 것이지 그렇지
못한 친구가 질책을 받아야 하는 것은 아니다.

자신의 친구를 대신하여 인내하며, 고통 받기를 회
피해서는 안 된다.

-에드워즈

친구의 어려움은 곧 나의 어려움이나 마찬가지이다. 즐거
운 마음으로 친구의 고난을 같이 지어야 한다. 그래야 진
정한 친구이다.

겁쟁이는 천 번을 죽지만, 사나이는 한 번만 죽는다.

-세익스피어

꼭 전쟁에서만의 이야기는 아니다. 요즘 세상엔 여러 가지로 비겁함이 나타난다.
자신의 사리사욕을 위해서 비열한 짓을 한다면 살아도 산 것이 아니다.

큰 일을 이루기 원한다면 우선 자기를 이겨라. 자신을 이기는 것이 가장 큰 승리이다.

-드러먼트-

살아가다 보면 자기와의 약속이 얼마나 지키기 어려운지 알 것이다.
자기 자신에게 했던 모든 약속들 중에 1%만 지킨다면 모두 다 위인이 될 것은 분명하다.
지금부터라도 스스로 다짐했던 일들을 반드시 지키도록 노력해 보자.

하찮은 위치에서도 최선을 다하라. 말단에 있는 사
람만큼 깊이 배우는 사람은 없다.

-S.D.오코너

처음이 없고 끝도 없다. 누구나 처음부터 잘하거나 높은
위치에 있을 순 없는 것이다.
자신이 위치한 그 자리에서 최선을 다해야 더 높은 위치
도 보장 받을 수 있는 것이다.

고통은 인간의 넋을 슬기롭게 하는 위대한 스승이
다.

-에센 바흐

필요에 의한 작용으로 인간의 문명은 발전해 왔다. 즐거
움과 행복도 슬픔과 고통이 없다면 의미가 없는 것이다.
사람은 좀 더 겸손해질 필요가 있는 것이다.

자신의 욕망을 극복하는 사람이 강한 적을 물리친 사람보다 위대하다.

-아리스토텔레스

하고 싶은 일들보다 해야 하는 일들을 처리해 나가는 과정이 인생인 것이다.

고난이 클수록 더 큰 영광이 다가온다.

-키케로

공짜로 얻은 물건을 하찮게 여기는 경우를 종종 봐 왔다. 행복도 이와 같아서 아무 노력없이 얻어진 행복은 아무런 희열도 느끼지 못한다. 모진 역경을 이겨내야만이 행복의 진정한 참맛을 알 수 있는 것이다.

병을 숨기는 자에게는 약이 없다.

- 이디오피아 속담

병에 걸렸을 때는 여러 사람에게 말하는 것이 좋다. 혼자 만 앓고 있다면 더 큰 병에 걸릴 수 있을 것이다.

모방은 누구나 할 수 있지만 남보다 먼저 개혁하는 것은 아무나 할 수 없다.

-콜럼부스

아무도 내 딛지 않은 자리에 한 걸음 내딛는 것은 대단한 용기가 필요하다.
그 첫걸음이 역사를 만드는 시초가 되는 것이다.

자신의 불건전한 내부와 싸움을 시작할 때 사람은
향상된다.

-데일 카네기

항상 발전하고, 매일 매일 새로운 인생을 살고 싶은 사람
은 자신과 싸워라.
탐욕과 이기심과 같은 나쁜 것들로부터의 자기 싸움은
늘 자기를 건강하게 가꾸어 나가는 길일 것이다.

실패한 사실이 부끄러운 것이 아니다. 도전하지 못한 비겁함은 더 큰 치욕이다.

-로버트 H 슐러

"그때 그걸 했어야 했는데..." 하며 한 번씩은 생각해 본 적이 있을 것이다.
아니면 "그래 안 하길 잘했어" 이런 생각도 해 본 적이 있을 것이다.
둘 다 모두 성공과 실패 뒤에 얻어지는 참다운 교훈은 알지 못할 것이다.

현명한 사람은 기회를 찾지 않고, 기회를 창조한다.

-베이컨

기회란 일정한 곳에 있어서 찾아 헤매는 것이 아니라 자신의 실력으로 만들어 가는 것이다. 이것은 무단한 자기 노력으로 가능한 것이다.

잘못이 부끄러운 것이 아니라 잘못을 고치지 못하는 것이 부끄러운 것이다.

-루소

누구나 실수는 할 수 있는 것이다. 실수를 통해 나 자신을 보다 좋은 방향으로 이끌어야 한다. 같은 실수를 반복한다면 사회에서 버려질 것이다.

훌륭한 인간의 두드러진 특징은 쓰라린 환경을 이겼다는 것이다.

-베토오벤

보통 사람은 포기하고 말 것을 극복하는 사람들을 우리는 위인이라고 한다.

나에 대한 사람들의 평가는 내가 스스로를 어떻게
평가하느냐에 좌우된다.

-헤밍웨이

남들이 뭐라고 하는지 궁금해 하기 전에 나 자신을 바로
볼 줄 아는 현명한 눈이 필요하다.

청년이여, 야망을 품어라.

-S.클라크

꿈을 품지 않은 인간은 시들은 꽃과 같아서 얼굴에 생기
가 없다.

패배란 우리를 한층 높은 단계에 이르게 하는 교육
이다.

-웬델 필립스

성공이란 여러 번의 실패가 모여져서 만들어내는 것이다.
실패를 두려워하지 말자.

자기 자신을 신뢰할 수 있으면 모든 것에 대한 자
신이 생긴다.

-라 리슈코프

이 세상 누구보다도 내 자신을 사랑한다면 어떤 자리에
나가도 어깨를 펴고 떳떳할 것이다. 당당히 어깨를 펴고
세상에 나가자. 모든 것은 내 자신이 어떻게 하느냐에 따
라서 달라질 수 있는 것이다.

목표라는 항구를 모르는 사람에게 순풍은 불지 않는다.

-세네카

뭔가를 이루고자 하는 욕심이 없다면 시간이 지난 뒤에도 언제나 그 자리에 머무를 수밖에 없다. 발전을 원한다면 항상 목표를 갖자.

가치 있는 물건을 만드는 과정에서 생산되는 부산물이 〈행복〉이다.

-올더스 헉슬리

자신의 위치에서 최선을 다하고 만족을 느낀다면 그것이 바로 행복인 것이다.

인생이란 학교에는 〈불행〉이란 훌륭한 스승이 있다. 그 스승 때문에 우리는 더욱 단련되는 것이다.

-프리체

자신에게 닥쳐온 불행은 행복한 삶을 위한 가르침일 것이라고 생각하자.

승리를 원한다면, 모든 것을 걸어야 한다.

-나폴레옹

운동경기 중에 패배하고 나온 사람들 중에 유독 눈물을 많이 흘리는 사람들이 있다.
이유를 물으면 자신의 기량을 다 발휘하지도 못하고 패배를 해서 그게 너무 후회스럽다고 한다. 자기가 가지고 있는 모든 걸 발휘한다고 반드시 승리하는 것은 아니지만 최소한 후회하는 것은 없을 것이다. 승리는 그 다음인 것이다.

두려움은 언제나 무지에서 샘솟는다.

– 에머슨

알면 아무것도 아닌 것들이 세상엔 많이 있다.

재산의 수준을 높이기보다는 욕망의 수준을 낮추
도록 애쓰는 편이 오히려 낫다.

– 아리스토텔레스

10원을 가지고 있는 사람도 10억을 가지고 있는 사람도
모자람으로 고통 받기는 마찬가지이다. 재산의 욕망이 지
나치면 탐욕이 될 수 있음을 명심해야 한다.

가장 적은 욕심을 갖고 있기 때문에 나는 신에 가
까운 것이다.

- 소크라테스

욕심은 밑 빠진 독이다. 아무리 채워도 언제나 허전하기
마련이다.
욕심을 제어할 줄 아는 사람만이 독을 채울 수 있다.

탐욕이 많은 사람은 금을 나눠주어도 옥을 얻지
못함을 한하고 공에 봉하여도 제후 못 됨을 불평
한다.

- 채근담

자신의 현재의 위치에 불평불만이 많은 사람은 조직 전
체를 자신의 입신이나 사리사욕의 도구로 만들어버린다.

자기 분노의 물결을 막으려고 노력하지 않는 자는
고삐도 없이 야생마를 타는 셈이다.

— L.시버

축구 경기 중에 자신의 화를 참지 못하고 퇴장 당하고
그로 말미암아 팀이 패배하는 경우를 많이 봐 왔다. 언제
나 냉정을 유지한다는 것이 무척 힘들지만 화를 다스리
지 못하는 사람은 자신이 가지고 있는 역량을 마음껏 발
휘할 수 있는 기회조차 잃어버리고 심지어는 주위 사람들
에게도 피해를 입히는 경우가 있다.

질병은 인생을 깨닫게 하는 훌륭한 교사다.

— W.NL.영안

몸이 아플 때 만큼 자신과 자신을 둘러싼 모든 것들에 대
해서 많은 생각을 하게 만드는 시간은 없다.

우리의 위대한 인생 계획을 방해하는 두 가지가 있다.

하나는 어떤 일도 끝내지 않는 것이며,

다른 하나는 어떤 일도 시작하지 않는 것이다.

-석가모니

바보들은 항상 생각만 한다.

하지만 시작만 거창하고 일을 끝맺을 줄 모르는 사람은

바보들의 종류 중에 최상급이다

아무리 작은 일이라도 하나를 완벽하게 끝낼 줄 알아야

큰 일을 시작하는 데 두려움이 없어지기 때문이다.

내 뒤를 걷지 마라. 내가 이끌지 못할지도 모른다.
내 앞을 걷지 마라. 내가 따라가지 않을 지도 모른다.
단지 내 옆을 걸어가며 친구가 되어 주라.

-알버트 커머스

인생의 실패로 모두 나를 등지고 떠나버렸을 때, 실의에
빠져 넋놓고 있을 때 고개를 들어 하늘를 보았다
한 친구가 다가오며 어깨를 두드려 주었다.
나는 고맙다고 말했다. 그래도 너라도 이렇게 와 줘서
친구는 말했다. 항상 그 자리에 있었다고.

분개한 사람만큼 거짓말 잘하는 사람은 없다.

- F.W.니체

자신의 감정을 추스르며 화를 다스릴 줄 모르는 사람은
주위의 여러 사람에게 피해를 준다.
평상 시의 자신의 모습과는 전혀 다른 인간이 되기 때문
이다.

나는 병의 회복기를 즐긴다. 그것은 병의 가치를
알기 때문이다.

- G.B.쇼어

건강한 사람일지라도 병원 신세 한번 안 지는 사람은 없
을 것이다. 우리는 그런 시간들을 소중히 다룰 필요가 있
다. 단지 빨리 회복되기만을 바란다면 인생에서 많은 것
을 얻을 시간을 날린다는 것을 명심하자.

고통은 인간을 생각하게 만든다. 사고는 인간을 현
명하게 만든다. 지혜는 인생을 견딜 만한 것으로
만든다.

- J.패트릭

그래도 인생을 살아갈 수 있는 힘의 원천은 행복이 아니
라 불행에 근거한다는 것을 알아야 한다,

군자는 곤궁한 처지에 빠져도 마음이 흔들리지 않는다. 그러나 소인은 곤궁하게 되면 난폭한 생각을 하느니라.

- 논어 위령공편

어려움은 인간을 시험에 빠지게 한다. 이 시험에서 자신을 다독거리며 걸어 나갈 수 있어야 미래에 행복도 있는 것이다. 나쁜 길에 한번 빠져들면 다시 나오기가 매우 어렵기 때문이다.

괴로움이 남기고 간 것을 맛보아라. 고통도 지나고 나면 달콤한 것이다.

- 괴테

지금 내가 겪고 있는 이 모든 시련과 고난은 훗날 나의 성공 뒤엔 그저 좋은 추억일 뿐이다. 지금 힘들다고 너무 낙담하지 말고 좀 더 힘을 내자.

비록 환경이 어둡고 괴롭더라도 항상 마음의 눈을
넓게 뜨고 있어라.

- 명심보감

주위의 환경 탓을 하는 사람들은 대부분 실패한 삶을 사
는 사람들이다.
누구에게나 어려움은 있는 것이다. 중요한 것은 얼마나
노력하느냐에 달려 있다.

고난이 있을 때마다 그것이 참된 인간이 되어가는
과정임을 기억해야 한다.

- 괴테

내 주위의 환경이나 내 시선의 모든 사물들을 모두 긍정
의 힘으로 받아드릴 수 있도록 우리는 노력해야 한다. 지
난 날들을 가만히 생각해 보면 행복한 시간보다 고난의
시간이 더 많다는걸 알 수 있을 것이다. 내 앞에 놓인 장
애물은 단지 나를 단련시키는 도구라고 생각하고 기쁜
마음으로 이겨내야 할 것이다.

고생보다 더 중요한 교육은 없다.

- 지스레지

고난과 역경을 뛰어넘는 방법은 세상 어디에도 없다. 자기 자신이 스스로 한계를 넘는 수밖에 없다. 단 한번의 극복으로도 학교에서 배운 지식의 모든 양을 배운 거와 다름이 없다.

나는 죽음을 겁내지 않는다. 다만 의무를 다하지 않고 사는 것을 겁낸다.

- 하운드

모든 사람들이 다 같은 것은 아니지만 어떤 사람들에게는 인간의 가치를 삶과 죽음보다 더 중요하게 생각하는 사람도 있다.

내가 성공을 했다면 오직 천사와 같은 어머니의 덕
이다.

- A.링컨

세상에 이름을 떨친 위대한 인물 뒤에는 항상 훌륭한 어
머니가 있다. 하지만 그렇지 못한 사람들의 모든 어머니
도 훌륭하긴 매 한가지다. 다만 그런 어머니의 위대한 사
랑을 우리는 꼭 늦게 깨닫는 것이 문제이다.

조금을 알기 위해서 많이 공부해야 한다.

- 몽테스키외

입 밖으로 지식을 이야기할 땐 그 보다 몇 수십 배의 지
식을 습득해야만이 가능하다.

배우지 않으면 곧 늙고 쇠해진다.

- 주자

무언가를 배운다는 것은 매일 매일 사람을 생기있게 만
든다. 늘 젊어지고 싶다면
평생 공부하는 방법이 제일 좋다.

사람이란 자기가 생각하는 만큼 결코 행복하지도
불행하지도 않다.

- 라 로시코프

목숨 걸고 다이어트에 매달리는 20대 여성들의 대부분이
사실은 정상체중이라는 통계를 본 적이 있다. 정상체중에
서 무리한 다이어트를 감행한다면 건강을 해칠 우려가 있
다는 의사 선생님의 의견도 덧붙였다. 항상 내 자신을 멀
리 떨어져 객관적으로 바라보는 지혜가 필요하다.

언제까지고 계속되는 불행은 없다. 가만히 견디고 참든지 용기를 내 쫓아버리든지 이 둘 중의 한 가지 방법을 택해야 한다.

- 로망 롤랑

행복도 불행도 영원히 지속되지는 않는다. 행복하다고 자만하지 말고 불행하다고 낙담만 하고 있을 필요는 없다.

가난하며 원망하지 않기 어렵고, 부자이면서 교만하지 않기 또한 쉬운 일이 아니다.

- 논어 헌문편

노력하는 사람과 겸손한 사람은 세상 사람들에게 존경 받을 만한 가치가 있는 사람들이다.

빈곤은 가난하다고 느끼는 데서 존재한다.

- 에머슨

작은 생각의 차이가 때때로 자신도 모르는 자기혁명을
가져올 때가 많다.
자신의 처지를 비관하지 않고 열심히 노력한다면 머지 않
은 날에 영광이 찾아올 것이다.

빈곤은 가진 것이 거의 없다는 뜻이 아니라, 많이
가지고 있지 않다는 뜻이다.

- 안티파테르

천 원만 있어도 행복한 사람이 있고, 백억이 있어도 이백
억을 만들려고 노심초사하는 사람이 있다.

부란 분뇨와 같아서 그것이 축적되면 악취를 내고,
산포되면 땅을 비옥하게 한다.

– 톨스토이

많이 이들이 자신이 번 돈을 아낌없이 사회에 환원한다.
그래서 세상이 아름다워지나 보다.

재물은 우물과 같다. 퍼 쓸수록 자꾸 가득 차고 이
용하지 않으면 말라 버린다.

– 박제가

건전한 소비는 경제활동에 활력을 불어넣어 준다.

사랑에는 연령이 없다. 그것은 어느 때든지 생길 수 있는 것이다.

-파스칼

남녀의 사랑이 젊은 사람들만의 특권은 아니다. 인생의 매 순간마다 사랑은 존재한다.

그대의 것이 아니거든 보지를 말라! 그대의 마음을 흔드는 것이라면 보지를 말라! 그래도 강하게 덤비거든, 그 마음을 힘차게 불러일으키라! 사랑은 사랑하는 자에게 찾아갈 것이다.

-괴테

사랑하는 마음은 자기가 아무리 부정하려 해도 어쩔 수가 없다. 차라리 그 속에 빠져드는 편이 더 낫다.

사랑은 인간의 주성분이다. 인간의 존재와 같이 사랑은 완전무결하게 존재하고 있으며, 무엇 하나 더 보탤 필요가 없다.

-피히테

외형적으로 인간은 90%가 물이지만, 내형적으론 90%가 사랑이다.

희망이 없는 사랑을 하고 있는 자만이 사랑을 알고 있다.

-쉴러

사랑이 아름답다고 이야기할 수 있는 건 사랑 그 자체만으로 사랑하는 것이기 때문이다.

진실된 사랑은, 오로지 사람에게만 준 신의 선물
인 것이다.

-스콧트

사랑이란 이름으로 여러 사람을 만나보지만 정말로 사랑
하는 사람은 이 세상에 단 한 사람 뿐이다.

사랑해서 사랑을 잃은 것은, 전혀 사랑하지 않는
것보다 낫다.

-테니슨

사랑이 지난간 자리엔 황폐한 땅이지만 그 속엔 다른 사
랑의 씨앗이 자라고 있다.
하지만 사랑이 오지 않은 자리엔 아무것도 자라지 않는
황무지일 뿐이다.

사랑이란 자기 희생이다. 이것은 우연에 의존하지
않는 유일한 행복이다.

-톨스토이

하나만 가지고는 불편 한 것들이 있다. 컴퓨터와 마우스,
젓가락과 숟가락이 그런 것들이다.
사랑 옆에는 늘 자기희생이 있어야 한다. 희생 없는 사랑
은 소유일 뿐이다.

전에 한 사람도 사랑해 본 일이 없었던 사람은 전
인류를 사랑하기란 불가능하다.

-입센

부모의 사랑을 많이 받고 자란 아이들이 나중에 커서도
건강한 사랑을 실천한다는 이야기를 들은 적이 있다. 사
랑은 하면 할수록 느는 것이고 세상을 아름답게 만드는
것이다.

사랑은 가장 변하기 쉬움과 동시에 가장 파괴하기 어려운, 불가사의한 감정이다. 그것은 변형되며, 풍화하고 산화한다. 그러나 마음속을 분석하든가, 또 추억하든가 하면, 그것은 또다시 완전한 형태로 조립되고, 재구성되게 된다.

-레니에

사랑처럼 허무한 것도 없고 사랑처럼 위대한 것도 없다.

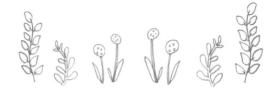

사랑의 고뇌처럼 달콤한 것은 없고, 사랑의 슬픔처럼 즐거움은 없으며, 사랑의 괴로움처럼 기쁨은 없고, 사랑에 죽는 것처럼 행복은 없다.

-아른트

사랑한다는 것은 행복한 삶을 살고 있다는 증거이다.

사랑은 깨닫지 못하는 사이에 찾아온다. 우리들은 다만 그것이 사라져가는 것을 볼 뿐이다.

-도브슨

사랑 앞에서 담대해질 수 없는 것은 항상 예고 없이 찾아와 느끼는 순간 떠나버린다는 것이다.

사랑한다는 것은 믿는 것이다.

-위고

위대한 선인들과 많은 이들이 사랑의 정의를 내렸지만 믿음만큼 가장 적절한 답을 아직 보지 못했다.

사람이 아는 바는 모르는 것보다 아주 적으며, 사는 시간은 살지 않는 시간에 비교가 안 될 만큼 아주 짧다. 이 지극히 작은 존재가 지극히 큰 범위의 것을 다 알려고 하기 때문에, 혼란에 빠져 도를 깨닫지 못한다.

- 장자

지극히 짧은 시간을 살기 때문에 인간은 좀더 많은 것을 하기 위해 그렇게도 발버둥칠지도 모른다.

사랑과 가난은 감추지 못한다.

사랑하는 사람들의 얼굴은 표시가 난다. 감추려고 노력
하면 할수록 확연히 표시가 나는 것은 신의 선물이기 때
문이다.

연애를 한 순간부터, 가장 현명한 남자도 대상을
제대로 보지 못한다. 자기의 장점을 과소평가하고,
사랑하는 사람의 사소한 호의를 과대평가한다.

-스탕달

잘나서 사랑하는 것은 아니다. 사랑하니까 잘나 보이는
것이다.

사랑은 나이를 갖지 않는다. 왜냐하면 언제나 자신
을 새롭게 만들기 때문이다.

-파스칼

젊어지고 싶다고 병원에 가서 성형이나 비싼 화장품을
살 필요가 없다.
항상 사랑하면 되는 것이다.

애인의 결점을 아름다움으로 생각하지 않는다면,
그것은 사랑하지 않는다는 증거이다.

-괴테

주위 사람들로부터 도대체 왜 저런 사람을 사랑하는 거
니라는 말을 들어도 자기 눈에 좋다면 그건 정말 사랑하
는 것이다.

사랑이 무엇인지 생각하는 사람은 이미 사랑을 할
수 없다.

-코채부

머릿속에 생각되어지는 생각보다 마음이 먼저 움직인다
면 그건 사랑하고 있다는 증거이다.

사랑할 수 있다는 것은 모든 것을 할 수 있다는 뜻
이다..

-체호프

이 세상 모든 불가능을 가능하게 하는 것은 오직 사랑
때문이다. 자식을 위해 모든 것을 희생하는 어머니의 마
음이 가장 쉬운 예이다.

자신이 하는 일을 재미없어 하는 사람치고 성공하
는 사람 못 봤다.

-카네기

생계를 위해서 어쩔 수 없이 선택한 직업일지라도 어떻게
해서든 재미를 붙여야 한다.
그렇지 않으면 하루하루가 고통의 연속일 뿐이다. 단지
큰 성공을 위해서가 아니라 자신의 건강을 위해서도 즐
겁게 일하는 방법을 터득할 필요가 있다.

슬픔은 남에게 터놓고 이야기함으로써 완전히 가시지는 않을망정 누그러질 수는 있다.

-칼데론

병의 가장 큰 원인은 스트레스이고 그 스트레스의 가장 중요한 원인은 참는 데서 오는 것이다. 밖으로 분출하지 못하고 안으로 삭히면 언제가는 터져 나오게 마련이다. 이런 것들을 예방하는 손쉬운 방법은 마음 터놓고 이야기 하는 것이다.

친구가 되려는 마음을 갖는 것은 간단하지만, 우정을 이루기까지는 많은 시간이 걸린다.

- 아리스토텔레스

사람의 마음을 얻는다는 것이 얼마나 어렵냐는 것은 인생을 조금만 살아보면 알 것이다.
하물며 친구라면 오죽하겠는가? 그것은 짧은 시간에 되는 것은 아니고 마음만 있다고 되는 것은 더더욱 아니다.

나에겐 특별한 재능이 있는 것이 아니다. 단지 호기심이 굉장히 많은 뿐이다.

-아인슈타인

궁금한 것이 없고 필요한 것이 없는 사람은 단지 먹기 위해서 사는 사람일 뿐이다.

재능이 없다고 말하는 사람들은 대부분 시도해 본 일이 별로 없는 사람들이다.

- 매튜스

아무것도 하지 않는 사람들의 이유를 얼핏 들어보면 수긍이 가는 부분도 더러 있다. 하지만 중요한 것은 그 어떤것도 시작하지 못했다는 것이다. 그것에 대해선 이유가 없다.

사랑하고 있을 때에는 누구나 시인이다.

-플라톤

사랑할 땐 모든 것을 좋게 보는 습관이 생긴다. 그 아름다운 마음의 눈이 시인을 만든다.

살아남은 자가 정복자이다.

- 페르시우스

굉장히 많이 착각하는 경우는 잘난 사람이 끝까지 갈 것 같지만 현실은 그 반대인 경우가 많다. 사실 출발선에 있기는 잘난 사람이나 못난 사람이나 아무것도 결정된 것이 없기는 마찬가지이다. 결승점을 누가 먼저 통과하느냐가 중요한 것이다.

꿈을 밀고 나가는 힘은, 이성이 아니라 희망이며,
두뇌가 아니라 심장이다.

-도스토 예프스키

꿈을 실현하기 위해선 많은 시간 인내와 노력이 필요하
다. 극한의 한계를 몇 번을 경험해도 받드시 실현되리란
보장도 없는 것이다. 이온음료 몇 잔 마시면 결승점에 도
달하는 마라톤이 아닌 것이다. 포기하고 싶을 때마다 희
망을 마셔야 한다. 그것만이 꿈에 조금더 다가가는 방법
이다.

꿈을 날짜와 함께 적어놓으면 그것은 목표가 되고,
목표를 잘게 나누면 그것은 계획이되며 그 계획을
실행에 옮기면 꿈은 실현되는 것이다.

-그레그 S.레잇

막연히 머릿속에서만 생각만 하면 그건 단지 생각에 지나
지 않는다
바보들의 공통점이 바로 생각만 있고 행동은 없다는 것
이다. 세상의 바보로 살아가지 않기 위해서는 작은 것이
라도 행동이 따라줘야 한다.

사람들은 돈을 벌기는 어려워도 쓰기는 쉽다고 말한다.

그러나 돈을 잘 쓰는 방법이 훨씬 더 어려운 것이다.
돈을 잘 쓰는 사람은 인생의 승리자가 되고
그렇지 못할 경우에는 패배자가 된다.
그렇기 때문에 집안이 번영하고 못하고는 주부에게 그 절반의 책임이 있다는 것을 알아야 한다.

- 그락쿠스

돈을 쓰고 안 쓰고의 문제가 아니다. 어떻게 쓰느냐에 관한 문제는 굉장한 기술이 필요한 사항이다.

돈은 누군지를 묻지 않고, 그 소유자에게 권리를 준다.

-라스킨

훔친 돈은 경찰이 물어본다. 오직 땀흘려 번 돈만이 이유를 묻지 않고 권리를 준다.

금전욕은 모든 악의 근원으로 여겨지고 있다.

그러나 돈이 없는 것도 이 점에서는 똑같다.

-버틀러

부자가 존경받는 이유는 남들보다 더 열심히 땀흘려 일을 했기 때문이다. 이런 점에서 돈이 없다는 것이 비난 받을 대상은 아니지만 스스로 대견하게 생각할 이유도 아니다.

돈은 모든 불평등을 평등하게 만든다.

-도스토예프스키

가장 손쉬운 신분 상승의 도구는 돈이다.

금전은 비료와 같은 것으로 뿌리지 않으면 쓸모가
없다.

-베이컨

소비되어지지 않는 돈은 이미 돈으로써 의미가 없다.

재산은 가지고 있는 자의 것이 아니고,
그것을 즐기는 자의 것이다.

-하우얼

재산을 모으는 것이 얼마나 힘든 일인가는 모두들 알고
있다. 하지만 얼마나 가치있게 소비하느냐는 더더욱 힘든
일이다.

빛을 퍼뜨릴 수 있는 두 가지 방법이 있다. 촛불이
되거나 또는 그것을 비추는 거울이 되는 것이다.

– 이디스 워튼

자기 희생과 배려는 양념과도 같은 것이다.
누군가 해야 한다면 내가 하는 것이 좋다

가장 하기 힘든 일은 아무 일도 안 하는 것이다.

–유대인 격언

인간과 돼지가 틀린 것은 아무일도 안 하고 가만히 있는
돼지는 정상이나 사람은 미쳐버린다는 것이다.

말이 있기에 사람은 짐승보다 낫다. 그러나 바르게
말하지 않으면 짐승이 그대보다 나을 것이다.

- 사아디

말은 언제나 양면이 있다. 바르게 쓰면 약이 되고 잘못
쓰면 그 보다 더한 독약이 없다.
말 한마디 한마디에 신경을 쓰지 않으면 타인은 물론 자
신에게도 큰 화를 초래할 것이다.

결코 마음을 다 주면서까지 사랑하지 말라.
그러면 아픔으로 끝날 뿐이다.

-C. 컬런

피부가 민감한 사람은 여러 가지 조심해야 될 것이 있다.
이별이 곧 세상의 끝인 양 생각되어지는 민감성, 이별증
후군 환자들이 꼭 새겨두어야 할 말이다.

자신을 증오하는 사람은 사랑할 수 있지만,
자신이 증오하는 사람은 사랑할 수 없다.

-톨스토이

> 사랑과 증오는 같은 부모 밑에서 태어났지만 한번도 같
> 은 방을 쓴 적은 없다. 가끔 서로의 방을 다녀간 적은 있
> 지만 결코 둘은 한 방에서 존재한 적이 없다.

사랑은 일에 굴복한다. 만일 사랑에서 빠져 나오기
를 원한다면,
바쁘게 지내라. 그러면 안전할 것이다.

-오비디우스

> 몇 번의 사랑의 슬픔을 경험한 사람들은 자기 나름대로
> 의 탈출법을 가지고 있다. 그 중에서 제일 좋은 방법은
> 자신의 일에 몰두하는 것이다.

우리들에겐 사랑 그 자체로 충분하다.

마치 목적을 두지 않고 방랑 그 자체의 즐거움을 얻듯이.

-헤세

목적과 수단을 잘못 판단하여 세상엔 불상사가 많이 일어난다

그 중에서 사랑은 절대 헷갈려서는 안 될 것 중에 하나이다.

노력한다고 모두 성공하는 것은 아니다

하지만 성공한 사람들은 항상 노력한다.

노력에 대한 대가가 항상 일대일이라면 범죄는 일어나지 않을 것이다. 그래도 우리는 꿈을 이루기 위해 항상 노력해야 한다. 그렇지 않으면 꿈을 이룰 수 있는 기회가 날라가기 때문이다.

어떻게 하는지 아는 사람은 일자리를 얻지만 왜 해
야 하는지 아는 사람은 그 사람을 부리는 사람이
된다.

이 복잡한 세상에는 단순한 기술 습득만이 능사가 아니다.
그 속에 있는 뜻을 정확히 아는 것이 중요하다

사랑하느냐 사랑하지 않느냐 하는 것은
우리 마음대로 되는 것이 아니다.
-코르네이유

세상에서 제일 공허한 말은 다시는 사랑하지 않겠다는
것이다.

사랑은 그것이 비밀이 아니게 되는 만큼 즐거움도
사라진다.

-O. 벤

지금까지 유치하게 생각되어진 모든 행동들이 사랑하는
순간에는 자신도 모르게 그것을 하고 있다. 사랑하는 사
람들은 모든 것이 즐거움이다. 그것이 비밀이라면 더더욱
그렇다.

세상에는 오직 하나의 진리가 있을 뿐이다. 그것은
서로 사랑하는 것이다.

-로망 롤랑

모든 종교에 최고의 덕목은 사랑이라고 가르친다. 그것은
다 그럴 만한 이유가 있어서이다.

모든 사랑은 다음에 오는 사랑에 의해서 정복된다.

-오비디우스

정복되어지지 않는 사랑이 당신의 마지막 사랑일 것이다. 그리고 마지막 사랑을 위해서 그렇게 많이 정복되었는지도 모를 일이다.

사랑은 신뢰를 본질로 한다.
신이 존재하느냐 않느냐는 아무래도 좋다.
믿으니까 믿는 것이다.
사랑하니까 사랑하는 것이다. 대단한 이유는 없다.

-로망 롤랑

사랑에 빠진 사람들이 가장 많이 받는 질문은 "너 왜 그 사람 사랑하니?" 일 것이다　별다른 이유는 없다. 사랑하니까 사랑하는 것이다.

연애란 우리 영혼의 가장 순수한 부분이
미지의 세계로 향하는 성스러운 그리움이다.

-졸주상드

남자와 여자가 만나서 사랑을 할 땐 아무리 흉악한 범죄
자라도 그 순간만큼은 어린아이처럼 순수해진다.

젊은이들의 사랑은 마음속에 있지 않고 눈 속에 있
다.

-셰익스피어

나를 사랑하는지 그렇지 않은지 물어볼 필요도 고민할
필요도 없다. 단지 그 사람의 눈을 보면 알 수 있다.

주로 관심과 애정을 불러일으키는 두 가지의 요인
은,
어떤 물건이 너 자신의 소유물이라는 점과, 그것이
너의 유일한 소유물이라는 점이다.

-아리스토텔레스

우리의 마음속에는 어떤 누군가의 무엇이 되고 싶어한다.
그 사람의 단 하나밖에 없는 의미로 자리하고 싶은 마음
이다.

감사하는 마음은 가장 위대한 미덕일 뿐만 아니라.
다른 모든 미덕의 근원이 된다.

-키케로

내가 살고 있는 것은 내가 잘나서 사는 것이 아니다. 정
말로 잘나서 살아간다고 생각한다면 하다못해 자신에게
라도 감사하는 마음이 있어야 한다.

여성을 소중히 지킬 수 없는 남자는 여성의 사랑을
받을 자격이 없다.

-괴테

동서고금을 막론하고 여성을 함부로 다루는 남성치고 제
명에 산 사람은 드물다.

램프가 타고 있는 동안 인생을 즐겨라. 시들기 전
에 장미를 꺾어라.

-우스테리

내가 지내고 있는 하루가 내 인생에서 가장 찬란한 순간
이다. 이 시간은 다시는 오지 않음을 명심해야 한다.

꿈은 불만족에서 나온다. 만족한 인간은 꿈을 꾸지 않는다.

-M.몽테를랑

만족은 안주하고 싶은 마음을 갖게 하고 "안주" 는 게으름과 친구이다.
꿈을 꾸지 않는 사람은 살아도 산 것이 아니다.

세월은 피부를 주름지게 하지만, 열정을 저버리는 것은 영혼을 주름지게 한다.

-맥아더

인생은 60부터라는 말이 있다. 모든 일에 무기력하게 항복한다면 나이가 아무리 젊어도 그 사람은 벌써 노인이나 마찬가지이다.

내 키를 땅에서부터 재면 누구보다 작아도, 하늘로부터 재면 누구보다 크다.

- 나폴레옹

의심은 의심을 낳고 단점을 보려고 하면 할수록 더 많은 단점이 보이는 게 세상의 이치이다. 아무리 어려운 상황이라도 긍정적인 마인드를 갖는다면 세상에 못 헤쳐나갈 것이 없을 것이다.

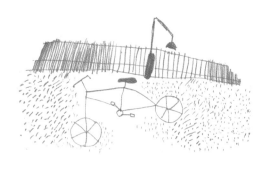

상황은 비관적으로 생각할 때에만 비관적이 된다.

- 빌리브란트

세상의 모든 것들은 우리가 태어나기 훨씬 전부터 거기에
있었다. 마음이 혼란스우면 어지럽게 보이는 것이고 정돈
된 마음으로 보면 모든 것이 일목요연하게 보인다.
고통도 어떻게 대하느냐는 그 사람의 마음에 따라서 얼
마든지 달라질 수 있는 것이다.

내가 인생을 알게 된 것은 사람과 접촉해서가 아니
라 책과 접하였기 때문이다.

-A. 프 랜스

인생의 모든 역경을 딛고 일어설 수 있는 힘이 책에서 나
온다. 책을 읽지 않고서는 험한 인생의 가시밭길을 헤쳐
나갈 수가 없다. 책은 사람을 만드는 가장 훌륭한 스승이
다.

세상은 나에게 잠시 잠깐의 게으름도 허용하지 않는다.

작은 성공에 안주하고 싶은 나에게

마음은 다시 뛰라고 말한다.

· 두 번째 여행

마음이 마음에게

사랑은 결점을 보지 못한다.

- T. 풀러

사랑하는 사람의 잘못이나 결점이 보이지 않는 것은 그
것조차 사랑의 일부분이기 때문이다.
결점조차 사랑하는 마음이 진정한 마음인 것이다.

사랑은 규칙을 알지 못한다.

- 몽테뉴

지금까지의 모든 상식도 사랑이 시작되면 아무 의미가
없어지는 것이다. 왜냐하면 사랑은 마음이 시키는 일이기
때문이다.

사랑은 못난 학자보다도 월등하게 훌륭한 인생의
교사이다.

- 아낙산드리데스

사랑을 하고 난 후에는 자신이 한층 더 성숙해진다는 것
을 느낄 수 있다.

사랑은 삶의 최대 청량, 강장제이다.

- 파블로 피카소

내가 만약 의사라면 건강에 관심이 있어 찾아오는 사람
들에게 사랑이란 처방전을 내릴 것이다. 규칙적인 운동도
좋고, 좋은 음식을 먹는 것도 좋지만 사랑만큼 좋은 보약
이 없는 것이다.

사랑은 인간생활의 최후의 진리이며 최후의 본질
이다.

- 슈와프

인간이 영원히 살게 할 수 있는 것은 사랑 때문이다. 절
대 불변하는 최고의 진리는 사랑이다.

사랑은 홍역과 같다. 우리 모두가 한 번은 겪고 지
나가야 한다.

- 제로미

단 한 번도 사랑하지 않고 생을 마감한다면 그건 인간이
아닐 것이다.

사랑의 고뇌처럼 달콤한 것이 없고 사랑의 슬픔처럼 즐거움은 없으며,
사랑의 괴로움처럼 기쁨은 없다. 사랑에 죽는 것처럼 행복은 없다.

- E.M.아른트

사랑에 힘들어 하는 사람들은 좀처럼 이해가 안 되는 것이 있다.
다른 일들은 힘들면 그만 두기 마련인데 사랑은 그렇지 않다.
사랑은 그 속에 빠져 있는 동안은 모든 시련이나 슬픔도 행복인가 보다.

사랑이란 인생의 종은 될지언정 주인이 되어서는
안 되는 법이다.

- B.A.W.러셀

인생을 살아가며 늘 사랑은 존재한다. 마치 공기와도 같
이 존재하지만 인생은 될 수가 없다.

사랑하지 말아야 되겠다고 하지만 뜻대로 안 된 것
과 같이
영원히 사랑하려고 해도 뜻대로 되지 않는다.

- J.라브뤼이엘

마음속으로 몇 천 번을 다짐해도 사랑 앞에선 아무 소용
이 없다. 가슴이 그렇게 되어지는 것은 아무리 발버둥쳐
도 빠져나올 수가 없는 것이다.
저항하지 말고 그 순간을 즐기는 것이 현명한 방법일 것
이다.

사랑의 치료법은 더욱 사랑하는 것밖에는 없다.

- H.D.도로우

사랑의 아픔으로 슬퍼하는 사람들의 대부분의 심리는 절
대 다시는 사랑하지 않겠다는 다짐이다. 하지만 그건 더
큰 고통만 줄 뿐이다. 아주 간단하고도 쉬운 방법은 그
아픔과 슬픔만큼 더욱더 열정적으로 사랑하는 것이다. 그
것만이 유일한 처방이다.

사랑하며 가난한 것이 애정 없는 부유함보다 훨씬
낫다.

- L.모리스

가난하다고 꼭 사랑이 있고 부유하다고 애정이 없는 것
은 아니지만 재물의 유무보다는 사랑이 먼저란 것은 누
구도 토를 달지 못할 것이다. 서로의 믿음과 사랑이 선행
된 후에 재물의 의미가 있는 것이다.

사랑에 대한 유일한 승리는 탈출이다.

- 나폴레옹

사랑하는 사람을 곁에 두고 사랑하지 않기는 불가능하다. 오직 그리움을 데리고 도망가는 수밖에는 없다.

지혜가 깊은 사람은 자기에게 무슨 이익이 있을까 해서,
또는 이익이 있으므로 해서 사랑하는 것이 아니다.
사랑한다는 그 자체 속에 행복을 느낌으로 해서
사랑하는 것이다.

- 파스칼

오직 사랑을 위해서만 사랑할 수만 있다면 이 세상은 좀 더 아름다워질 것이다.

사랑은 끝없는 신비이다.

그것을 설명할 수 있는 것이 전혀 없기 때문이다.

- 타고르

평생을 한 일에 몸바친 사람을 장인이라고 우리는 칭송하지만 사랑의 장인을 아직까지 난 본 적이 없다.

사랑의 비극이란 없다.

사랑이 없는 가운데서만 비극이 있다.

- 데스카

사랑에 의해서 파생되어지는 모든 것들은 행복이지만 사랑이 없는 것은 오직 고통뿐이다.

사랑 받지 못하는 것은 슬프다. 그러나 사랑할 수 없는 것은 훨씬 더 슬프다.

- M.D.라이크

이 세상 그 무엇도 사랑할 수 없다는 것은 그 어떤 사랑도 받지 못하는 것과 같은 것이다.
자신이 누구에게 사랑 받지 못한다고 투정부리거나 실망할 필요가 절대 없다.
내가 먼저 사랑하면 되는 것이다.

그대가 사랑을 거부한다면, 그대도 사랑으로부터 거부 당하리라.

- 테니슨

사랑이란 내가 선택하고 말고 할 것이 아니다. 왔구나 느껴지는 그 순간보다 훨씬 더 먼저 사랑은 와 있었던 것이다.

사랑이란 우리의 생명과 같이 날 때부터 가지고 태어나는 것이다.

- F.M.밀러

살아간다는 것은 사랑한다는 것이다. 사람이 사랑이고 사랑이 사람인 것이다.

세상에서 가장 어리석은 변명은 '시간이 없어서' 이다.

-토마스 에디슨

시간만큼 공평한 것이 있을까? 어떻게 쓰느냐는 전적으로 자기 몫인 것이다.

희망은 절대로 당신을 버리지 않는다. 단지 당신이
희망을 버릴 뿐이지.

-리저트 브뤼크너

포기하면 뒤에는 아무것도 없다. 불가능은 하지 못함이
아니라 포기해야 되는 사람들의 변명을 위해 만들어 놓은
단어일 뿐이다. 좀 더 힘들 뿐이지 못할 것이 이 세상엔
없다.

해야 함은 할 수 있음을 함축한다.

-칸트

모든 일은 자신의 마음먹기에 따라서 달라질 수가 있다.

친구를 얻게 되고, 이쪽의 생각에 따라오게 하는
가장 확실한 방법은 상대의 의견을 충분히 받아들이고
상대방의 자존심을 만족시켜주는 일이다.

-데일 카네기

요즘 같이 자기 말만 하기 좋아하는 사람들이 많은 세상
엔 남의 의견을 충분히 들어주기만 해도 그 사람의 마음
도 얻을 수 있다.

그 사람됨을 알고자 하면 그의 친구가 누구인가를
알아보라.
- 터키 속담

친구는 내 마음의 거울이다. 항상 닦아줘야 깨끗한 모습
으로 비춰줄 것이다.

친구는 제2의 재산이다.

- 아리스토텔레스

자신의 재산 중에 첫 번째로 친구를 꼽는 경우는 많이 봤으나 두 번째 밑으로 꼽은 사람은 아직까지 본 적이 없다. 이것은 불변인 것이다.

설사 친구가 꿀처럼 달더라도 그것을 전부 빨아 먹지 말라.

- 탈무드

지금 당장의 자신의 위기를 모면하기 위해서 친구를 회생 불가능으로 만든다면 나중에 반드시 자기에게 그 위기가 돌아온다. 친구는 일회용으로 써먹는 사람이 아니다. 영원히 같이 옆에서 지켜줘야 하며 내가 도움을 받아야 하는 존재이다.

우정을 위한 최대의 노력은 벗에게 그의 결점을 스스로 깨닫게 하는 일이다.

- 라 로쉐호크

내 단점은 잘 보기 어려우나 남의 단점은 한눈에 들어오기 마련이다. 단점을 발견했을 때 직접적으로 말해서 남에게 상처를 입히면서 고치게 하는 것은 시간도 절약되고 상대를 위해 그렇게 했다는 자기만족도 금새 생겨나서 마치 자기가 큰 일을 한 것처럼 생각되는 경우가 많이 있다. 그러나 스스로 깨닫고 고치게 하는 데는 많은 시간과 인내가 필요하고 또한 자기성과에 대한 만족도가 줄어들기 때문에 사람들은 이것을 하기 싫어한다. 하지만 친구라 말할 수 있다면 묵묵히 기다려줄 수 있는 마음가짐이 있어야 한다.

이로운 친구는 직언을 꺼리지 않고 언행에 거짓이 없으며, 지식을 앞세우지 않는 벗이니라. 해로운 친구는 허식이 많고 속이 비었으며 겉치레만 하고 마음이 컴컴하며, 말이 많은 자이니라.

- 공자

나에겐 이런 친구가 있다. 다른 사람에게는 잘못을 많이 해서 비난을 사는 경우가 많이 있지만 나에게만은 절대 그런 실수를 하지 않는 사람이 있다. 그러면 이런 친구가 이로운 친구일까? 해로운 친구일까? 인생 전체가 완전무결할수는 없다. 그렇다고 자신의 입맛에 맞는 사람에게만 잘하고 그렇지 않다고 생각되는 사람에게는 함부로 하는 사람 또한 좋다고 볼 수는 없을 것이다. 선택의 문제보다 평소 마음가짐의 문제일 것이다.

벗이 애꾸눈이라면 나는 벗을 옆얼굴로 바라본다.

- 슈베르트

단점을 떠벌리지 않고 조용히 덮어줄 수 있는 친구가 진
정한 친구다.

형제는 하늘이 내려주신 벗이다.

- 속담

자신의 노력여하에 따라서 친구를 만들고 못 만들고 할
수 있지만 형제는 이미 만들어진 친구를 자신의 노력여하
에 따라서 큰 적이 될 수도 좋은 벗이 될 수도 있다.
요즘엔 형제끼리 불화가 생기는 경우가 많이 있다. 조금
씩 양보하고 서로를 배려한다면 하늘에서 맺어준 친구의
우정을 영원히 간직할것이다.

슬픔을 나누면 반으로 줄지만, 기쁨을 나누면 배로
는다.

- J.레이

반으로 나누는 방법은 간단하다. 마음에 맞는 친구나 주
위 사람들에게 이야기할 수 있는 마음가짐만 가지고 있
으면 된다.

명성은 화려한 금관을 쓰고 있지만 향기 없는 해바
라기이다. 그러나 우정은 꽃잎 하나하나마다 향기
를 풍기는 장미꽃이다.

-올리버 웬들 홈스

자신의 안위를 위해 우정을 버리는 어리석은 짓은 하지
말아야 한다.

가치있는 적이 될 수 있는 자는 화해하면, 더 가치
있는 친구가 될 것이다.

-펠담

살아가는 것이 곧 경쟁인 요즘 세상엔 영원한 적도 영원
한 동지도 없다고 한다.
경쟁자를 다만 나와 평생 사귈 수 없는 사람이라고 판단
해버리면 자기 스스로 좋은 친구를 한 명 없애는 어리석
은 짓이다.

'친구'란 '내 슬픔을 등에 지고 가는 자'라는 뜻이
다.

-인디언 속담

힘겨워하는 그 등에 기쁨도 얹어줘야 한다. 그래야 오랜
세월 지치지 않고 나와 함께 갈 수 있는것이다.

사랑을 얻으려면 자존심을 버려라.

-앤드류 매튜스

사랑을 얻는 것은 간단한 수학문제이다. 지금까지 살아 왔던 자기 인생에서 자존심을 빼고 희생을 곱하기만 하면 되는 것이다. 하지만 이 간단한 문제를 못 푸는 사람이 아주 많이 있다.

상처 받은 자존심은 용서할 줄을 모른다.

-루이 뷔제

스스로 굽힌 자존심이냐 남에게 상처 받은 자존심이냐는 평생을 가느냐 안 가느냐의 문제이다.

인간은 누구나 자기가 하는 일에 대하여
항상 자부심을 가지고 있다. 그렇기 때문에 스스로
기만 당하기 쉬운 것이다.

-마키아 벨리

실력이 있어야 자부심도 생겨나는 것이다. 하지만 지나친
자부심은 스스로를 몰락시키는 원인이 될 것이다.

자기 자신을 싸구려 취급하는 사람은 타인에게도
싸구려 취급을 받을 것이다.

-윌리엄 헤즐릿

이 세상 어느 곳을 다녀봐도, 인류가 멸망하는 그날까지
우주에서 지금의 나는 단 한 명밖에 존재하지 않는다. 얼
마나 귀중한 존재인가? 사랑 받을 자격이 충분하고도 남
음이 있다.

자부심은 스스로를 사랑하는 자신의 과대평가다.

-스피노자

자신을 사랑하지 않는 것도 문제지만 너무 많이 사랑하
는것도 큰 문제이다. 둘 다 자신을 정확히 보지 못하는
것은 마찬가지이다.

자존심에 상처를 주는 것은 자존심뿐이다.

-페늘롱

자존심은 어떤 것이 그 본연의 모습이 되도록 하는 마지
막 힘이 되기도 하지만 어느 순간에 아무짝에도 쓸모없
는 것일 수도 있다.

자존심은 미덕은 아니지만,
그것은 많은 미덕의 부모이다.

-J. 콜린즈

인간이 짐승보다 좀 더 위대하게 보이는 모든 것들의 본
바탕은 자존심에 있다.

돈 빌려 달라는 것을 거절함으로써 친구를 잃는 일
은 적지만, 반대로 돈을 빌려줌으로써 도리어 친구
를 잃기 쉽다.

-쇼펜하우어

친구의 어려움을 알고 모른 척하기는 매우 어려운 일이
다. 돈 문제가 아니라면 어떻게 해서든 도움을 주고 싶지
만 그게 돈 문제라면 여간 신경 쓰이는 문제가 아니다.
친구를 잃지도 않고 어려움에 도움이 될 수 있는 방법은
자신의 판단 문제인 것이다.

좋은 친구가 생기기를 기다리는 것보다 스스로가
누군가의 친구가 되었을 때 행복하다.

-러셀

> 온전히 자기 마음을 얼마나 열고 다가갈 수 있느냐가 친
> 구가 생기고 안 생기고의 문제와 직결된다. 먼저 다가갈
> 수있는 마음가짐이 중요하다.

자신을 털어놓을 수 있는 친구가 없는 사람은 자
신의 마음을 잡아먹는 사람이다.

-프란시스 베이컨

> 이 세상은 혼자 살아갈 수 없다. 뉴스에서 가끔 보면 주
> 위에 아무도 이야기할 수 없는 사람이 곧잘 정신병에 걸
> 려 범죄자가 되기도 한다. 자신의 고민을 이야기할 수 있
> 다면 이 세상에 범죄를 90%는 줄일 수 있을 것이다.

고난과 불행이 찾아올 때에, 비로소 친구가 친구임을 안다.

자신의 고난 속에서도 묵묵히 옆을 지켜준 친구가 좋은 친구라는 것은 너무나 맞는 말이다.

하지만 그렇지 않았다고 해서 모두 다 자신의 친구가 아니란 생각은 무척 어리석은 생각이다. 그렇게 하지 못한 친구들의 상황을 정확히 알지 못하고 버린다면 좋은 친구를 버리는 짓일지도 모른다.

친구란 영혼을 묶어주는 끈이다.

-볼테르

영혼이란 연기와 같아서 묶어서 걸어놓지 않으면 하늘로 사라져 버린다.

맹수를 두려워하지 말고 악한 벗을 두려워하라. 맹수는 다만 몸을 상하게 하지만, 악한 벗은 마음을 파멸시키기 때문이다.

-아함경

좋은 벗은 자신의 마음을 이롭게 하고 나쁜 벗은 자신을 파멸로 이르게 한다는 말은 누구나가 알고 있지만 그럼 누가 좋은 벗이고 누가 악한 벗인가의 판단은 어떻게 할 것인가?
한번 생각해 보아야 한다. 또한 자신은 상대방에게 좋은 벗인지도 먼저 생각해 볼 필요가 있는 것이다.

보지 않는 곳에서 나를 좋게 말하는 사람은 진정한 친구이다.

-T. 풀러

나에게 나쁜 말을 했다고 말해도 그 친구는 그렇게 말할 친구가 아니라는 믿음이 생겨나기까지는 오랜 시간이 걸린다. 이것이 우정이다.

진정한 우정은 앞과 뒤, 어느 쪽에서 보아도 동일
한 것, 앞에서 보면 장미, 뒤에서 보면 가시일 수는
없다.

-리케르트

가족만이 용서되어지는 일을 저질렀어도 항상 옆에 있어
줄 수 있는 사랑이 있다면 그것이 진정 우정이라 말할 수
있겠다.

샘에서 솟아나는 물이 겨울에도 얼지 않듯이
가슴에서 우러나는 우정은 불행이 닥쳐도 식지 않
는다.

-제임스 페니모어 쿠퍼

항상, 늘, 변함없이란 단어들은 진정한 친구들이 갖추어
야 될 필수 조건이다.

우정은 사랑과 마찬가지로 잠시 동안의 단절로 강화될 수는 있을지 모르나, 오랜 부재(不在)에 의해서 파괴된다.

- 새뮤얼 존슨

보이지 않음은 보여짐에 굴복 당한다. 간절한 보고싶음은 그리움이 되고 급기야 추억이 되고 만다.

아버지는 보물이요, 형제는 위안이며, 친구는 보물도 되고 위안도 된다.

- 벤자민 프랭클린

친구는 항상 나의 빈자리를 채워주는 존재이다. 나의 그 어떤 무엇이라도 될 수 있는 존재가 친구인 것이다.

인간이 육체를 가진 이상 애정은 언제나 필요하다.
그러나 영혼을 깨끗하게 하고 성장케 하는 데는 우
정이 필요하다.

-헤르만 헤세

지저분한 사람의 얼굴을 보고 자신이 그렇다고 생각하고
얼굴을 씻는 사람의 일화처럼
친구는 내 마음을 깨끗이 씻어낼 수 있게 도와주는 거울
이다.

친구가 없는 것만큼 적막한 것은 없다. 우정은 기
쁨을 더해 주고 슬픔을 감해 주기 때문이다.

-그라시안

공유할 수 없음은 적막한 사막과도 같다. 기쁨도 슬픔도
공유되어질 때 살아가는 느낌이 생겨나는 것이다.

참된 우정은 건강과 같다. 즉, 그것을 잃기 전까지
는 우정의 참된 가치를 절대 깨닫지 못하는 것이
다.

-찰스 칼렙 콜튼

항상 있어 소중함을 모르는 것들이 있다. 공기, 물 그리
고 친구이다. 없으면 생명을 한 시간도 유지 못하는 존재
이다.

가장 귀중한 재산은 사려가 깊고 헌신적인 친구이
다.

-다리우스

친구라고 말할 수 있다면 모든 친구들은 내 재산의 맨 꼭
대기에 올려놓아야 한다.

같은 것을 같이 좋아하고 같이 싫어하는 것은
우정의 끈을 더욱 단단하게 옭아준다.

-살루스트

부부는 닮아 간다는 말이 있다. 전혀 다른 두 사람이 만
나 서로를 닮아 간다는 것은 어느 정도 상대방을 이해하
려는 노력의 산물인 것이다. 친구도 이와 같아서 짧은 시
간과 즐거울 때만의 친구는 도저히 닮아질래야 그럴 수
없는 것이다.

무수한 사람들 가운데는 나와 뜻을 같이할 사람이
한 둘은 있을 것이다.
그것으로 충분하다. 공기를 호흡하는 데는 들 창
문 하나로도 족하다.

-로망롤랑

많고 적음에 열정을 쏟을 것이 아니라 한 사람의 마음속
을 들여다보기 위해 힘을 모아야 될 것이다.

나의 친구는 세 종류가 있다.

나를 사랑하는 사람, 나를 미워하는 사람 그리고

나에게 무관심한 사람이다.

나를 사랑하는 사람은 나에게 유순함을 가르치고

나를 미워하는 사람은 나에게 조심성을 가르쳐 준다.

그리고 나에게 무관심한 사람은 나에게 자립심을 가르쳐 준다.

-J.E. 딩거

친구는 모두가 나의 동반자임과 동시에 좋은 인생 스승이다.

불행은 진정한 친구가 아닌 자를 가려준다.

-아리스토텔레스

고난과 역경 속에서도 묵묵히 자리를 지켜주는 친구가 한 두 명 정도 없다면 그 사람은 인생을 헛산 것이다.

불길처럼 불타오른 우정은 쉽게 꺼져 버리는 법이
다.

-토마스 풀러

누구에게도 열정의 용량은 똑같다. 초반에 너무 급박하게
써 버리면 금방 방전되는 법이다. 밧데리의 용량을 늘리
기 위해선 천천히 진행해야 할 것이다.

적을 한 사람도 만들지 못하는 사람은 친구도 만
들 수 없다.

-앨프리드 테니슨

좋은 라이벌이 없는 사람은 그만큼 자신의 틀 안에 갇혀
지낼 수밖에 없다. 자신의 발전을 위해서라도 괜찮은 라
이벌은 항상 필요한 것이다.

웃음도 눈물도 그렇게 오래 가는 것은 아니다. 사랑도 욕망도 미움도 한 번 스치고 지나가면, 마음 속에 아무런 힘을 미치지 못하는 것이라고 나는 생각한다.

- 어네스트 다우슨

지금 당장 못 견딜 것 같은 슬픔도 시간이 해결해 준다는 이 상식을 알지 못하는 사람은 곧잘 목숨을 끊는 경우가 있다. 나에게 다가온 모든 기쁨과 슬픔은 시간 앞에선 한낱 연기일 뿐이다.

두려움은 언제나 무지에서 샘솟는다.

- 에머슨

실패와 성공은 의미가 없다. 단지 경험을 했느냐 안 했느냐가 두려움의 치료제인 것이다.

조급히 굴지 마라. 행운이나 명성도 일순간에 생기고 일순간에 사라진다. 그대 앞에 놓인 장애물을 달게 받아라. 싸워 이겨 나가는 데서 기쁨을 느껴라.

- 앙드레 모로아

자그마한 성공과 고난에 일희일비하다가 정작 인생의 큰 그림을 보지 못하는 사람들을 많이 보아 왔다. 지혜로운 사람은 자신의 앞에 놓인 시험들을 묵묵히 통과하면서 조금씩 성장하는 것이다.

인생의 낙은 과욕에서보다 절욕에서 찾아야 한다.
올바른 마음을 가지고 욕심을 제어하면 그 속에 절
로 낙이 있으며 봉변을 면하게 되리라. 허욕을 버리
면 심신이 상쾌해진다.

– 예기

인간의 모든 고통은 분수에 맞지 않은 욕심이 원인이 되
는 경우가 많다. 욕심을 부리기 앞서 자신을 정확히 바라
볼 수 있는 냉철한 자기 시선이 먼저 선행되어야 한다.

용기는 별로 인도하고, 두려움은 죽음으로 인도한다.

– 세네카

시작하는 두려움은 누구나 가지고 있다. 한 발짝 내디딜
수 있는 작은 용기가 나중에 큰 차이를 만든다. 일단 시
작하고 나면 아무것도 아니라는 것을 금방 알 수 있을 것
이다. 하지만 시작하지도 못한다면 항상 두려움에 시달려
야 할것이다.

근심은 고통을 빌려가는 사람들이 지불하는 이자
이다.

- G.W.라이언

오늘 보다 나은 나의 모습을 원한다면 지나친 근심은 금
물이다.

두려운 것은 죽음이나 고난이 아니라, 고난과 죽음
에 대한 공포이다.

- 에픽테투스

오지도 않은 문제를 상상하면 두려움에 사로잡혀 아무
일도 하지 못하는 것이다. 공포에 사로잡힌 사람만큼 무
기력한 사람은 없다.

생을 존중하는 사람은 비록 부귀해도 살기 위해 몸을 상하는 일이 없고
비록 빈천해도 사리를 위해 몸에 누를 끼치는 일이 없다.
그런데 요즈음 세상 사람들은 고관대작에 있으면 그 지위를 잃을까 걱정하고,
이권을 보면 경솔히 날뛰어 몸을 망치고 있다.

- 장자

영화를 보면 마약을 하는 사람들의 최후의 모습을 보면 흉측하기 마련이다. 도저히 인간의 모습이라고 보여지지 않을 정도로 추한 모습이다. 사리에 맞지 않는 일을 자신이 이익을 위해서 행하고 그것을 오직 자신의 자부심으로 생각하는 사람들은 자신의 인생에 하루에 마약을 한 통씩 먹는 사람과 같다.

탐욕은 일체를 얻고자 욕심내어서 도리어 모든 것
을 잃어버린다.

- 몽테뉴

적당한 욕심은 자기 발전에 도움이 되지만 탐욕은 자기
를 망치는 지름길임을 명심해야 한다.
욕심 부리기에 앞에 자신이 그런 욕심을 부릴 만한 재주
나 주제가 되는지를 먼저 바라봐야 한다.

하늘은 행동하지 않는 사람을 결코 돕지 않는다

- 소포클레스

역사는 항상 행동하는 사람들에 의해서 쓰여졌다.
그렇게 거창하게 역사까지 말 안해도 주위를 한번 둘러
보면 나보다 좀더 앞서 나가는 사람들을 보면 언제나 움
직이고 있다는것을 알수 있을 것이다.
바보들은 항상 생각만 하고 있다.

탐욕이 많은 사람은 금을 나눠 주어도 옥을 얻지
못함을 한하고 공에 봉하여도 제후 못됨을 불평한
다.

- 채근담

많이 가졌음에도 더 가지지 못함을 항상 불평만 한다면
그 사람의 인생은 불행의 연속일 것이다.

입에 맛있는 음식은 모두가 창자를 짓물게 하고 뼈
를 썩게 하는 나쁜 약이다. 마음껏 먹지 말고 5분쯤
에 멈추면 재앙이 없느니라. 마음에 쾌한 일은 모두
몸을 망치고 덕을 잃게 하는 중매니라. 너무 탐닉
하지 말고 5분쯤에 멈추면 뉘우침이 없느니라.

- 채근담

언제나 나쁜 것에는 달콤한 유혹이 도사리고 있다. 이것
을 명심하고 절제할 줄 아는 사람만이 행복한 인생을 살
아갈 자격이 주어지는 것이다.

분노를 억제하지 못하는 것은 수양이 부족한 표시
이다.

- 플푸타크

화를 다스린다는 것은 자기를 다스릴 줄 아는 사람이다.
이것을 못하는 사람은 사회생활을 할 수가 없는 것이다.
화를 다스리는 방법 중에 가장 으뜸은 자기의 마음을 털
어놓는 것이다.

분노하여 가하는 일격은 종국에 우리 자신을 때린
다.

- W.펜

앞뒤 가리지 않고 오직 자신의 분노를 표출하는 사람은
결국은 주위의 모든 사람들이 그 사람을 외면하여 마지
막에 혼자만이 남게 된다.

누구든지 성을 낼 수 있다. 그것은 쉬운 일이다. 그러나 올바른 대상에게 올바른 정도로, 올바른 시간에, 올바른 목적으로, 올바른 방식으로 성을 내는 것은 모든 사람들이 할 수 있는 일이 아니며 쉬운 일도 아니다.

-아리스토텔레스

상대가 납득하지 못하게 화를 낸다면 상대방도 같이 화를 내어서 결국에 싸움이 난다.
화를 내는 것도 기술이 필요한 것이다.

지독히 화가 날 때에는 인생이 얼마나 덧없는가를 생각해 보라.

- 마르쿠스 아우렐리우스

잠깐의 명상이 사람을 겸손하게 한다.

해로운 것은 숨겨진 분노이다.

- 세네카

자신의 불만을 잘 이야기 하지 않는 사람은 겉으로는 온순해 보이지만 언젠가 인내의 한계에 도달했을 때 활화산처럼 표출하기에 주위 사람을 어리둥절하게 만드는 경우가 종종 있다. 이것은 바람직한 사회생활은 아니다. 불만이 있을 때 그때그때 서로의 생각을 공유하는 것이 큰 불상사를 막는 지름길인 것이다.

자기 분노의 물결을 막으려고 노력하지 않는 자는 고삐도 없이 야생마를 타는 셈이다.

- L.시버

어디로 튈지 모르는 예측 불가능하고 감정의 기복이 심한 사람 곁에는 친구들이 모이기 어렵다. 심지어는 있던 사람들도 떠나게 된다.

건강한 몸을 가진 자가 아니고서는 조국에 충실한 자가 되기 어렵고, 좋은 아버지, 좋은 아들, 좋은 이웃이 되기 어렵다.

- 페스탈로찌

이 세상 그 어떤 것도 자신의 건강 후에 할 일이지 건강을 잃으면 아무것도 의미가 없다.
건강하지 못한 몸은 주위 사람들에게도 고통일 뿐이다.

건강은 제일의 재산이다.

- 에머슨

건강한 몸은 아무리 강조해도 지나치지 않다. 건강은 건강할 때 자만하지 말고 챙겨야지 그것을 잃고 난 후에는 아무리 후회해도 이미 늦어버린 것이다.

질병은 몸의 고장이 아니라 마음의 고장이다.

- 에디 부인

중병에 걸렸을 때 가장 시급한 문제는 나을 수 있다는 희망을 버리지 않는 것이다. 포기하는 순간 질병은 더욱더 깊어질 것이다.

건강을 유지하는 것은 자신에 대한 의무이며, 또한 사회에 대한 의무이다.

- B.프랭클린

자기 관리를 잘하는 사람에게는 언제든 기회가 오기 마련이다. 건강을 챙기지 못한다면 자기에게 올 수 있는 기회조차도 버리는 어리석은 짓이다.

건강한 사람은 자기의 건강을 모른다. 병자만이 자신의 건강을 알고 있다.

- 카알라일

건강한 사람은 자신의 건강에 자만을 하게 마련이다. 그러다가 병에 걸리면 그 소중함을 알게 되는 것이다. 그래서 건강은 건강할 때 더 관리를 해야 하는 것이다.

자신이 건강하다고 믿는 환자는 고칠 길이 없다.

- 아미엘

건강해질 거라고 믿는 사람과 건강하다고 믿는 사람은 차이가 있다. 자신의 처지를 정확히 인지하고 의사의 처방을 정확히 따라야 빠른 시간에 병이 회복될 것이다.

건강한 자는 모든 희망을 안고, 희망을 가진 자는
모든 꿈을 이룬다.

- 아라비아 격언

아무리 좋은 꿈을 꾼들 건강을 잃어 버리면 아무 의미가
없다. 건강한 신체를 유지하고 있어야만이 꿈도 이룰 수
있는 기회를 얻게 될 것이다.

자연과 시간과 인내는 3대 의사다.

- H.G.보운

첨단 의료시설에 살고 있지만 자연과 인내와 시간이란 의
사는 변함이 없다.

비 온 뒤에 땅이 굳어진다.

- 속담

지금 자기 앞에 놓인 역경과 고난은 오직 나를 강하게 만들기 위한 시험에 불과한 것이다.

괴로움이 남기고 간 것을 맛보아라. 고통도 지나고 나면 달콤한 것이다.

- 괴테

고난과 역경의 한 가운데에선 모든 것이 괴로움밖에 없어 보이지만 헤쳐나가서 영광의 순간에 그 시간조차 추억일 뿐이다. 도망쳐버린다면 아름다운 추억이 하나 없어지는 것이다.

고통은 천진난만한 자에게도 거짓말을 강요한다.

- 푸블릴리우스

처음부터 마음먹고 거짓말을 하는 사람은 그렇게 많지
않다. 상황과 여건이 사람을 그렇게 만드는 경우가 있다.
자신의 한계점에서도 올바른 생각을 가지는 것은 매우
어려운 일이다.

죽을 때에 죽지 않도록 죽기 전에 죽어 두어라. 그
렇지 않으면 정말 죽어버린다.

- 엥겔스

인간은 언젠가는 죽게 되어 있다. 죽음에 대한 공포로 인
해 자기에게 주어진 시간을 허비한다면 생을 마감할 땐
정말 후회만이 남게 될 것이다.

인간에게 가장 고통스러운 죽음은 그가 미리 아는 죽음이다.

- 바킬리데스

죽음의 시간을 알지 못하기 때문에 인간이 행복한 것이다.

잘 보낸 하루가 행복한 잠을 가져오듯이, 잘 쓰여진 인생은 행복한 죽음을 가져온다.

- 레오나르도 다빈치

허비하는 시간없이 알차게 하루하루를 보낸다면 생애 마지막엔 웃을 수 있을 것이다.

호랑이는 그리되 뼈는 그리기 어렵고, 사람을 알되
마음은 알지 못한다.

- 명심보감

몇 십 년을 산 부부도 종국엔 서로의 마음을 반도 알지
못한다고 한다. 이처럼 사람의 마음은 알려고 하면 할수
록 더 모르는 것이다.

사람을 의심하거든 쓰지 말고, 사람을 썼거든 의심
하지 말라.

- 명심보감

의심과 믿음의 차이는 내 사람이냐 아니냐는 것이다. 좋
은 인재를 알아보지 못하고 쓰지 못한 것은 다시 쓰면 되
지만 자신의 의심으로 떠나버린 인재는 다시 돌아오는 법
이 없다.

인간은 반항하는 존재다.

- 까뮈

당연히 그렇게 되어지는 것에 대한 거부에서 인간의 문명
은 발전해 왔다.

우리는 사람을 알려고 할 때, 그 사람의 손이나 발
을 보지 않고 머리를 본다.

- 캘빈

머리는 탐구의 영역이다. 그 사람이 무슨 생각을 할까?라
는 물음이 상대방을 알아가는 첫 단계인 것이다.

인간은 목표를 추구하도록 만들어 놓은 존재다.

- M.말쯔

얼굴에 생기가 없고 눈이 흐리멍텅한 사람들은 인생의 목표를 잠시잠깐이나마 놓친 사람들이다. 빠른 시간 안에 자신을 추스르지 못한다면 꿈마저 잃어버린다. 그러면 고칠 약도 없는 것이다.

인간의 행실은 각자가 자기의 이미지를 보여주는 거울이다.

- J.W.괴테

지금 자기가 처한 상황은 모두 자기의 행동에 대한 역작용이다. 주위 환경을 탓할 시간에 자신을 갈고 닦는 데 힘써야겠다.

인간의 가치는 얼마나 사랑받았느냐가 아니라
얼마나 사랑을 베풀었느냐에 달려 있다.

― 에픽테토스

사랑하고 싶지만 방법을 몰라 망설이는 사람이 있고, 사
랑을 베풀고 싶지만 어떻게 해야 할지 몰라 멀리 떨어져
구경하는 사람들이 많이 있다. 주위를 둘러보면 작은 배
려와 이해가 사랑인 것이다. 사랑은 작고 많음이 없고 베
푸는 그 순간의 모든 사랑이 다 가치를 지니는 것이다.
또한 연습을 하면 할수록 마음속에서는 없던 사랑도 생
겨나는 신기한 생명체인 것이다.

얼마나 깊이 괴로움을 겪는가에 따라
그 사람의 훌륭함이 결정된다.

― 니체

시험에 통과한 사람에게 박수를 보내듯 인생은 시험의
연속이다. 시험의 난이도가 높으면 높을수록 그 사람은
더 많은 박수를 받을 것이다.

가시에 찔리지 않고서는 장미꽃을 모을 수가 없다.

-필페이

자신이 원하는 것을 얻기 위해선 반드시 대가가 필요하다.

거짓말은 눈사람 같아서 오래 굴리면 그만큼 더 커진다.

-로터

바늘 도둑이 소 도둑 된다는 말이 있다. 처음보다 두 번째가 쉽고 두 번째보다 세 번째가 더 쉽고 대담해진다. 처음부터 하지 않는 것이 최선의 길이다.

결점 없는 사람을 고르다간 끝내 벗을 얻을 수 없다.

-프랑스 속담

완벽하지 못하기 때문에 친구가 필요한 것이다. 나의 부족한 면을 채우고 상대방의 부족한 면을 채워주는 것이 우정인 것이다.

시도했던 모든 것이 물거품이 되었더라도 그것은 또 하나의 전진이기 때문에 나는 용기를 잃지 않는다.

- 토마스 에디슨

포기하지만 않는다면 인생은 언제든 기회를 다시 준다. 작은 고난과 실패에 절망할 필요는 없다. 그것은 오직 다시 시작하는 나의 자양분이 되는 것이기 때문이다. 잠깐 마음의 휴식을 취하고 다시 시작하자.

오늘이라는 날은 두 번 다시 오지 않는 것을 잊지
마라.
몸을 닦고자 하는 사람은 먼저 마음을 바르게 하
라.
마음을 바르게 하고자 하는 사람은
먼저 뜻을 진실하게 하라.

- 관자

아무리 큰 뜻을 품은들 오늘 하지 못하면 내일 하면 되지
라는 안일한 생각들이 하루 이틀 쌓이다 보면 처음에 가
졌던 큰 뜻은 온데간데 없어지고 그곳에 실패한 내 모습
만이 남게 된다. 절대로 시간은 돌이킬 수 없음을 명심하
자.

가난은 많은 뿌리를 갖고 있습니다.
그러나 큰 뿌리는 무식입니다.

-존슨

배우기를 게을리 하면 자신뿐 아니라 자식까지도 가난하게 살아가야 합니다.
가난이 비난 받을 것은 아니지만 그렇다고 운명도 아닙니다. 탈피하고자 하는 마음과 그에 맞는 행동이 뒤따른다면 탈출하지 못 할 것만은 아닙니다.

내 자신의 무식을 아는 것은 지식에로의 첫걸음이다.

-바이런

어디가 아픈지 알아야 어떤 약을 쓸지를 판단하게 됩니다. 자신이 아프지 않다고 생각하면 병원에 가지 않는 법입니다. 세상엔 자기가 병이 있는지 없는지도 모르는 사람이 너무 많이 있습니다.

그 어떤 희망이든 자신이 품고 있는 희망을 믿고
인내하는 것이 바로 인간의 용기이다.
그러나 겁쟁이는 금새 절망에 빠져 쉽게 좌절해 버
린다.

-에우리피데스

절망은 비겁함이 빌려준 가장 강력한 방패입니다. 그 방
패의 뒤에서는 어떤 희망도 들어갈 수가 없습니다.

기대하지 않는 자는 실망하지도 않을 것이다.

-울거트

있는 그대로 볼 수 있다면 실망도 하지 않습니다. 특히
대인관계에서는 자기 멋대로 상대방을 상상하는 것은 금
물입니다. 상대방이 지나간 자리를 그저 바라볼 수 있는
따뜻한 시선만 있으면 되는 것입니다.

내 비장의 무기는 아직 손안에 있다.

그것은 희망이다.

-나폴레옹

모든 사람들의 마음속에는 희망이 있다. 한 번 쓰면 없어
지는 것이 아니다. 절망이 다가오면 언제든지 꺼내 써야
하는 것이다. 너무 아끼려 하다가는 큰 낭패를 볼 것이다.

내일의 일을 훌륭하게 하기 위한 최선의 준비는 바
로 오늘 일을 훌륭하게 완수하는 것이다.

-엘버트 허버드

그 어떤 내일도 우연이란 있을수 없다. 기대하는 내일이
있다면 그에 맞는 오늘을 만들어 나가야 한다.

제일 안전한 피난처는 어머니의 품속이다.

-폴로리앙

어느 날 천사가 죄를 지어 인간으로 태어나는데 하느님이 천사에게 말했다.

"네가 인간으로 태어나면 어떤 사람이 너를 위해 많은 희생을 할 것이다. 너의 모든 허물을 짊어질 것이고, 너의 모든 죄를 다 품에 안을 것이며, 심지어는 너를 대신하여 죽음도 불사할 것이다." "그 사람의 이름은 무엇입니까" 천사가 물었다.

하나님은 말했다. "너는 그 사람을 '어머니' 라고 부를 것이다."

네가 가지고 있는 최선의 것을 세상에 주라.

그러면 최선의 것이 돌아오리라.

-M.A. 베레

남들과 똑같이 자고, 놀고, 일하면서 남들보다 더 많은 것을 바라는 것은 도둑놈이나 하는 생각이다. 좀더 많은 기회를 얻기 위해선 자신에게 좀 더 가혹할 필요가 있다.

오늘을 붙들어라!

되도록 내일에 의지하지 말라!

그날 그날이 일년 중에서 최선의 날이다.

-에머슨

오늘을 무시하고는 그 어떤 내일을 기대할 수 없다. 모든 것은 오늘 내가 어떻게 하느냐에 달려 있다.

오늘 할 수 있는 일에 전력을 다하라.

그러면 내일에는 한 걸음 더 진보한다.

-뉴턴

내 앞에 지금 할 일이 있는데 굳이 내일을 생각할 필요가 없다. 지금 이 일을 어떻게 처리하느냐가 바로 내일을 결정하는 요소인 것이다. 먼 미래는 하루하루의 내 행동에 대한 대답일 뿐이다.

절실히 필요로 하는 사람에게 베푸는 것이 최선이다.

-이드리스 샤흐

세상일들은 대부분 기량 차이라기 보다는 얼마나 그것을 원하느냐 그렇지 않느냐에 일에 성패가 좌우되는 경우가 많이 있다.

실패는 고통스럽다.

그러나 최선을 다하지 못했음을 깨닫는 것은

몇 배 더 고통스럽다.

-앤드류 매튜스

모든 운동경기나 일들이 자신의 기량을 모두 보이고 실패한다면 후회는 없다. 하지만 자신이 가지고 있는 모든 것을 하지도 못하고 실패하는것은 두고두고 가슴에 남는다.

버릇은 추억을 간직하고 있다는 증거이다.

-콩테쎄 다이아네

헤어진 후에도 긴긴 시간을 아파하는 것은 습관이 남아 있어서이다. 함께 공유되어진 모든 것들에서 자유로워지기 위해선 시간이 약이다.

추억은 식물과 같다.

어느 쪽이나 다 싱싱할 때 심어 두지 않으면

뿌리를 박지 못하는 것이니, 우리는 싱싱한 젊음 속에서

싱싱한 일들을 남겨 놓지 않으면 안 된다.

-생트뵈브

추억에 있어서 좋고 나쁨이 없다. 지난 시간은 그냥 추억일 뿐이다. 힘든 날도 있고 즐거운 날도 있지만 아무것도 하지 않은 사람에게는 뒤돌아보아도 그냥 막막한 사막밖에는 보이지 않는다.

자기 자신을 현명하다고 생각하는 인간은 그야말로 바보이다.

-볼테르

무엇인가를 가졌다면 더 이상 그것을 필요로 하지 않는다. 스스로 현명하다고 생각하는 그 순간부터 더 이상 현명한 사람이 아니다.

국민의 일부를 처음부터 마지막까지 속일 수는 있다.
또한 국민의 전부를 일시적으로 속이는 것도 가능하다.
그러나 국민 전부를 끝까지 속이는 것은 불가능하다.

-링컨

국민이 국가를 생각하는 것의 반만이라도 국가 지도자들은 국민들의 고충을 어루만져야 한다.

내 눈에 비친 정치인의 인상은 권력에 굶주린 인간
의 모습이다.

-R.H. 솔로우

우리의 눈에 비친 정치인의 모습은 언제나 권력을 탐하는
모습으로밖에 비춰지지 않았다.
이제는 그런 모습이 없어졌으면 좋겠다.

우리들은 모두 남의 불행에 견딜 수 있을 만큼 충
분히 행복하다.

-라로슈 푸꼬

사회적 약자에 대한 배려가 많이 필요한 때이다. 나누면
나눌수록 더욱더 충만해지는 게 행복이다.

시간은 우정을 강하게 만들고 사랑은 약하게 만든다.

-라 브르예르

세월의 흐름 속에서도 꺼지지 않는 사랑을 유지하기 위해서는 서로의 많은 노력이 필요하다. 그것은 우정도 마찬가지이다.

행동하는 사람처럼 생각하고, 생각하는 사람처럼 행동하라.

- 핸리 베르그송

생각하지 않고 행동만 앞선다면 괜한 발품만 파는 경우가 생기고 행동하지 않고 생각만 하면 게르름뱅이가 될 수 있다.

진정한 발견은 새로운 땅을 찾는 것이 아니라
새로운 눈으로 보는 것이다.

- 프루스트

작은 관점의 차이는 때때로 엄청난 효과를 보일 때가 있
다.

결함이 나의 출발의 바탕이고 무능이 나의 근원이
다.

-발레리

결점을 보완해 나가는 과정이 인생이다. 하나하나 고쳐지
는 내 모습은 스스로도 자랑스럽게 보일 것이다. 하지만
요즘 사람들 중에는 자신의 결함을 외면하는 경우가 많
다.
이것은 마치 무엇이 고장났는지도 모르고 무조건 차를
고치려고 덤벼드는 정비사와도 같다.

천재는 노력하는 사람을 이길 수 없고 노력하는 사
람은 즐기는 자를 이길 수 없다.

-T.윌리엄

누가 시켜서 한다든가 먹고 살기 위해 어쩔 수 없이 한
다면 큰 발전을 기대할 수 없다. 목표에 끌려다니다가 한
세월 다 가는 수가 있는 것이다. 일을 완전히 내 것으로
만들 줄 아는 사람만이 인생을 즐길 수 있는 것이다.

운명은 그 사람의 성격에 의해서 만들어진다.
그리고 성격은 그 사람의 일상생활의 습관에서 만
들어진다.

-데커

자신의 미래는 자신에게 달려 있다. 좋은 습관 하나가 먼
미래의 큰 성공이 될 수 있다.
어려서부터 나쁜 것에 현혹되지 말고 좋은 습관을 길러
나가야 한다.

굳은 인내와 노력을 하지 않는 천재는
이 세상에서 있었던 적이 없다.

-뉴턴

꿈을 향해 가는 과정은 결코 쉬운 길이 아니다. 매일같이
만나는 고난들을 참아내며 거기에 굴하지 않고 묵묵히
앞을 향해 걸어나가야 한다. 위대한 승리자는 누구나 될
수 있지만 아무나 되는 것은 아니다.

천재라는 것은 참을성을 갖춘 위대한 소질에 불과
하다.

-뷔퐁

단 한번의 시도로 좋은 결과가 돌출하기는 거의 불가능
하다. 반복되는 실패 속에서만이 항상 좋은 결과나 나오
기 마련이다. 문제는 포기하면 아무것도 없다는 것이다.

불완전한 인간이기에 더욱 사랑이 필요하다.

-오스카 와일드

결점이 많은 인간을 창조한 신은 자신의 실수를 사랑이
란 치료제와 더불어 세상에 내보냈다.

겁이 많은 개일수록 큰 소리로 짖는다.

-웹스터

말 많은 사람치고 아는 게 적고, 큰 소리 치는 사람치고
이행하는 사람이 없다.

쾌락도 지혜도 학문도, 그리고 미덕도, 건강이 없으
면 그 빛을 잃어 사라지게 될 것이다.

-몽테뉴

> 돈을 버느라고 건강을 잃어버린 사람, 자식들을 위해서
> 건강을 잃어버린 사람, 남을 위해서 일하다가 건강을 잃
> 어버린 사람들 모두 어리석은 사람들이다. 건강을 잃어버
> 리고는 이
> 세상 어떤 것도 의미가 없는것이다.

부모의 좋은 습관보다 더 좋은 어린이 교육은 없
다.

-슈와프

> 자신도 모르게 하는 나쁜것들을 어린이들은 무작정 따라
> 하게 된다.
> 좋은 학원을 보낼게 아니라 부모들이 먼저 좋은 습관을
> 가져야 한다.

우리가 부모가 됐을 때 비로소 부모가 베푸는 사
랑의 고마움이 어떤 것인지 절실히 깨달을 수 있다.

-헨리 워드 비처

부모님의 사랑은 내가 이해하려 해도 이해할 수 없는 것
이다. 단지 자신이 아이를 키워 봐야 그때야 비로소 알
수 있다.

자녀에게 회초리를 들지 않으면, 자녀가 부모에게
회초리를 든다.

-토머스 풀러

자식을 사랑하는 마음은 어느 부모나 마찬가지이다. 어
느 부모가 자식이 미워서 혼내는 사람이 있겠는가? 세상
에 나가 훌륭한 사람이 되기를 원한다면 잘못을 따끔히
알려주는 지혜가 필요하다. 그렇지 않으면 사회에 나가서
다른 사람에게 지적을 받는다.

인생은 자전거와 같다. 계속 페달을 밟는 한 넘어
질염려는없다.

-크라우드 페퍼

인생의 길은 평탄한 길이 없다. 내리막길이 있으면 오르
막길이 있고 끝났다 싶으면 바로 자갈길이 있다. 아무리
힘들어도 발을 떼어선 안 되는 것이다.

부드러운 말로 상대방을 설득할 수 없는 사람은
거친 말로도 정복하지 못한다.

- 체호프

자신의 주장을 관철시키기 위해서는 굉장한 인내심이 필
요하다. 어느 때고 냉정을 유지하며 자신의 주장을 조목
조목 이야기하는 습관이 없으면 항상 우리 국회와 같은
사태가 발생한다.

인생은 길고 긴 마라톤입니다.

자신의 위치에 너무 낙담할 필요도 없고,

주위의 작은 성공에 부러워할 필요도 없습니다.

천천히 뛰나 쉬지 않고 뛰면 결승점에서 웃을 수 있는 것은

바로 당신입니다.

세상이 나에게

안락한 가정은 행복의 근원으로 그것은 바로 건강
과 착한 양심 다음의 위치를 차지한다.

- S.스미드

지친 몸과 마음을 충전할 수 있는 곳은 가정이다. 가정이
평온하지 못하면 언제나 방전직전의 몸으로 일을 할 수
밖에는 없다. 그런 심신으론 어떤 일을 해도 좋은 결과를
얻지 못할 것이다.

가정에서 행복해지는 것은 온갖 염원의 궁극적인
결과이다.

- S.존슨

우리가 지금 열심히 노력하며 살아가는 이유는 가정의 행
복을 위해서일지도 모른다.

사람은 집에 있을 때 그의 행복에 가장 가까워지고, 밖으로 나가면 그의 행복에서 가장 멀어지는 법이다.

- J.G.홀런드

자신의 집만큼 편안한 안식처가 없다는 것은 짧은 여행을 해본 사람은 금방 알 것이다.
여행의 최종 목적지는 바로 집인 것이다. 집에 돌아왔을 때의 안도감이 바로 행복인 것이다.

쾌락의 궁전 속을 거닐지라도 초라하지만 내 집만한 곳은 없다.

- J.H.페인

아무리 좋은 음식도, 화려한 집도 마음이 불편하면 가시방석과도 같다. 우리 마음을 제일 편하게 하는 것은 자신의 집인 것이다.

요즈음은 부모에게 물질로써 봉양함을 효도라 한다.

그러나 개나 말도 집에 두고 먹이지 않는가.

공경하는 마음이 여기에 따르지 않으면 짐승과 무엇이 다르겠는가.

- 논어 위정편

비단 부모님에 대한 봉양뿐만 아니라 사람에 대한 모든 행동들이 상대방에 대한 마음이 선행되지 않으면 한낱 짐승과 같은 것이다.

한 아버지는 열 아들을 기를 수 있으나,

열 아들은 한 아버지를 봉양키 어렵다.

- 독일 격언

자식에 대한 부모의 사랑은 그 어떤 불순물도 없는 사랑 그대로의 사랑이다.

아버지에게 손찌검을 하는 아들을 둔 아버지는 누구나 죄인이다. 자기에게 손찌검을 하는 아들을 만들었기 때문이다.

- C.페기

요즘 뉴스에서 부모님을 죄인으로 만드는 자식들을 심심치 않게 본다. 언젠가 자신의 자식들에게 똑같은 경우를 당하지 않으리라는 보장이 없다.

아내를 눈으로 보고서만 택해선 안 된다. 눈보다는 귀로써 아내를 선택하라.

- T.풀러

외모도 그 사람의 일부분이기 때문에 어쩔수 없이 외모를 볼 수밖에는 없다. 항상 문제가 되는 것은 외모가 주가 되는 것이다. 평생의 동반자를 외모만 가지고 선택한다면 얼마 지나지 않아 파탄이 날 것이다.

남편들이 보통 친구들에게 베푸는 것과 꼭 같은 정
도의 예의만을 부인에게 베푼다면 결혼생활의 파
탄은 훨씬 줄어들 것이다.

- 화브스타인

주위를 보면 가끔 이런 사람이 있다. 사회생활은 너무나
성실하게 잘 하는데 가정은 전혀 신경쓰지 않는 사람이
있다. 이건 어느 하나의 선택의 문제가 아니라 두 가지
다 모두 잘 해야 하는 것을 명심해야 한다.

어버이를 공경함은 으뜸가는 자연의 법칙이다.

- 발레리우스

태어나서 죽고, 아침이 오면 저녁이 되고, 봄이 오면 꽃이
피듯 부모를 공경하는 것은 그런 것이다. 내가 어떻게 하
고 말고의 문제가 아니다. 그냥 부모님이니까 공경해야
하는 것이다. 이 단순한 자연의 법칙을 어기는 사람은 제
명에 살지 못할 것이다.

교육이란 알지 못하는 바를 알도록 가르치는 것을 의미하는 것이 아니라, 행동하지 않을 때 행동하도록 가르치는 것을 의미한다.

- 마크 트웨인

머릿속에 알고만 있는 사람은 전혀 모르는 사람보다 더 나을 것이 없다. 중요한 것은 행동하는 것이다. 그래서 우리는 많은 시간을 공부하는 것이다.

인간을 지력으로만 교육시키고 도덕으로 교육시키지 않는다면 사회에 대하여 위험을 기르는 것이 된다.

- D.루즈벨트

국가의 요직에 있는 사람들의 인사 청문회를 보면 도덕이 없는 지력이 얼마나 주위 사람들을 허탈감에 빠지게 만드는지 여실히 보여준다.

젊을 때에 배움을 소홀히 하는 자는 과거를 상실하고 미래도 없다.

- 에우리피데스

배움이란 언제까지가 없다. 죽는 그 순간까지 배우고 또 배워야만이 살아갈 수 있는 것이다. 이것은 단 한 순간도 숨을 쉬지 않고는 죽는 것과 같은 것이다.

행복의 원칙은 첫째 어떤 일을 할 것, 둘째 어떤 사람을 사랑할 것, 셋째 어떤 일에 희망을 가질 것이다.

- 칸트

어떤 고난과 역경 속에서도 행복한 미래를 꿈꾸며 주위 모든 것들을 사랑하며 묵묵히 자기의 일을 해 나갈 때 우리는 행복할 것이다.

모두가 행복해질 때까지는 아무도 완전히 행복해
질 수는 없다.

- H.스펜서

주위 사람은 어떻게 되든 나만 행복해지면 된다는 이기적
인 생각은 버리는 것이 좋다.
너와 내가 다 같이 행복할 때 비로소 행복한 것이다.

돈은 밑없는 깊은 물속과 같다. 명예도 양심도 진
리도 모두 그 속에 빠지고 만다.

- 카스레

돈 앞에서 종종 자존심마저 없어지는 서글픈 현실이 있
다. 명예와 양심을 지키며 존경을 받던 사람도 예외는 아
니다. 돈이면 무엇이든 되는 것처럼 보이는 이런 세상에
서 돈보다 더 귀중한것이 있다는것을 수긍시키기는 매우
어려운 일이다. 하지만 돈의 노예가 되는 것은 경계해야
할것이다.

재물은 생활을 위한 방편일 뿐 그 자체가 목적이
될 수는 없다.

- 칸트

수단임에도 목적과 혼동되기 쉬운 것 중에 하나가 재물
이 아닌가 싶다. 처음엔 어떤 목적을 위해서 돈을 벌지
만 시간이 지나면서 돈 자체가 목적이 되는 경우가 있다.
재빨리 자신을 추스르고 인생의 먼 곳을 바라볼 수 있는
자기만의 개념정리가 필요하다.

빈곤은 재앙이 아니라 불편이다.

- J.플로리오

남들에 비해서 좀 더 노력하면 가난도 탈피할 수 있다.

사람은 일하기 위해서 창조되었다. 명상하고 느끼
며 꿈꾸기 위해서만은 아니다.

- 카알라일

아무 일도 하지 않고 빈둥빈둥 시간을 보내는 것은 개나
돼지와 같은 것이다.

자기 아이에게 육체적인 노동을 가르치지 않는 것
은 그에게 약탈, 강도 같은 것을 가르치는 것과 마
찬가지이다.

- 탈무드

땀 흘려 벌고 그것을 건전하게 소비하는 방법을 알려주
는것이 부모가 아이에게 해줄 수 있는 최고의 선물이다.

굴러가는 돌에는 이끼가 끼지 않는다.

작은 성공에 도취되어 머릿속에 안주하고 싶은 생각이 떠오르는 순간 그 사람은 도태되고 만다. 급하게 갈 필요는 없지만 쉬는 것은 경계해야 한다.

마음이 맞으면 삶은 도토리 한 알을 가지고도 허기를 면할 수 있다.

국가대표 경기를 가끔 보다 보면 무기력한 경기를 종종 볼 수 있다. 실력이 뛰어난 선수들도 훈련시간이 짧아 서로 호흡을 맞추지 못하면 좋은 경기력을 보일 수 없다. 혼자 모든 걸 할 수 없는 세상에선 내 옆에 있는 동료와 조화롭게 일을 해 나가는 것이 중요하다. 이심전심으로 마음이 통하면 아무리 힘든 일도 금새 처리될 것이다.

백 년을 살 것같이 일하고 내일 죽을 것같이 기도
하라.

- B.프랭클린

어떤 어려움 속에서 묵묵히 겸손한 마음으로 일한다면 반
드시 성공에 이르게 될 것이다.

거짓말을 하지 말라. 부정직하기 때문이다. 모든 진
실을 다 이야기하지 말라. 불필요하기 때문이다. 그
렇다, 때와 장소에 따라서는   거짓말이 진실보다
좋을 때가 있다.

- R.애스컴

습관적으로 거짓말을 하는 사람은 주위 사람들에게 신뢰
를 얻지 못한다. 하지만 인생을 살아가면서 한번도 거짓
말을 하지 않는 사람은 생각하지도 못한 곤경을 처할 때
가 있다.
상황에 따라 말을 돌려서 할 필요도 있다.

진실은 빛과 같이 눈을 어둡게 한다. 거짓은 반대로 아름다운 저녁 노을처럼 모든 것을 멋지게 보이게 한다.

- 까뮈

한번의 거짓말로 위기를 탈출한 사람은 곧잘 거짓말의 위력에 경탄을 한 나머지 그 늪에 빠지게 된다. 한번 빠지게 되면 헤쳐나오기가 매우 어려운 것이 거지말의 함정인 것이다.
하지만 시간이 흐름에 따라 자신이 점점 파멸되어 가고 있다는 것을 알 수 있을 것이다.

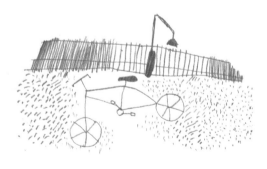

정직을 잃은 자는 더 이상 잃을 것이 없다.

- J.릴리

한두 번의 거짓말은 주위 사람들에게 용서가 되지만 반
복된 거짓말은 그 사람 자체를 믿지 못하게 한다. 그래서
정작 사람들에게 진실된 말을 하여도 믿어주지 않는다.
신뢰는 한번 잃으면 그 댓가는 엄청나게 크게 자기에게
돌아온다

거짓은 거짓으로, 성심은 성심으로 보답된다. 상대
방의 성심을 바라거든 이쪽에서도 성심을 표하라.

- 토마스 만

집안에서 키우는 강아지도 자기를 미워하는 사람과 좋아
하는 사람은 구분할 줄 안다. 하물며 사람이야 오죽 하겠
는가? 상대방에게 무엇인가를 바란다면 내가 먼저 그렇
게 해주는 것이 옳은 일이다.

큰 재주를 가졌다면 근면은 그 재주를 더 낫게 해
줄 것이며, 보통의 능력밖에 없다면 근면은 부족함
을 보충해 줄 것이다.

- J.레이놀즈

무언가를 하고 싶을 때 하고, 가끔 하는 것은 그리 어려
운 일이 아니다. 항상 그렇게 하는 것이 어려운 일이다.

미래는 일하는 사람의 것이다. 권력과 명예도 일하
는 사람에게 주어진다. 게으름뱅이의 손에 누가 권
력이나 명예를 안겨줄까.

- 힐티

자신이 원하는 것이 있다면 땀을 흘려야 한다. 가만히 앉
아 있으면 아무것도 이룰 수가 없다. 지금 자신이 꿈꾸
는것을 생각해보고 하나하나 목표를 세우고 바로 실천해
옮긴다면 꿈이 꿈으로만 끝나지는 않을 것이다.

백 권의 책에 쓰인 말보다 한 가지 성실한 마음이
더 크게 사람을 움직인다.

- B.프랭클린

말 많은 사람치고 행동이 따라가는 사람이 극히 드물다.
말하기 앞서 묵묵히 자기 할 일을 한다면 주위에 평판이
좋아질 것이다.

무례한 사람의 행위는 내 행실을 바로 잡게 해주는
스승이다.

- 공자

그냥 지나치면 아무것도 아닌 것들도 내가 어떻게 생각하
느냐에 따라서 큰 가르침을 얻을 수 있다.

쓰러진 자 망할까 두렵지 않고, 낮춘 자 거만할까
두렵지 않다.

- J.버넌

가진 것이 하나도 없는 사람과 가지고 있으면서 겸손한
사람은 앞으로 발전 가능성이 무한하다는 것을 의미한다.

아는 것을 안다 하고 모르는 것을 모른다 하는 것
이 말의 근본이다.

- 순자

요즘 세상은 말들이 너무 많다. 아는 것만 말해도 복잡
한 세상인데 모르면서도 아는 체 하는 게 제일 문제이다.
심지어는 자기가 어떤 걸 모르는지조차도 모르는 사람이
많다.

인간은 입이 하나 귀가 둘이 있다. 이는 말하기보다 들기를 두 배 더하라는 뜻이다.

- 탈무드

남에 말을 들어준다는 것은 그 사람을 이해하기 위한 첫 걸음이다. 이것도 하지 못하면 영원히 상대방의 마음을 알지 못하는 것이다.

말은 마음의 초상이다.

- J.레이

입에서 나온다고 다 말이 아니다. 한마디를 하더라도 때와 장소를 생각하고 주위 환경을 생각하여 말하는 것이 나를 이롭게 하는 것이다.

말을 많이 한다는 것과 잘 한다는 것은 별개이다.

- 소포클레스

아이들의 귀에 쏙쏙 들어오도록 가르치는 선생님이 꼭 학식이 높은 사람은 아니다. 많이 아는 것과 잘 가르치는 것은 다른 문제인 것이다.

말도 아름다운 꽃처럼 그 색깔을 지니고 있다.

- E.리스

나이가 들어감에 따라 그윽히 풍기는 그 사람만의 향기가 있다. 이것은 대부분 그 사람의 말에 의존하는 경우가 많다.

악행은 덕행보다 언제나 더 쉽다. 그것은 모든 것에
지름길로 가기 때문이다.

- S.존슨

나쁜 것에 대한 유혹은 누구에게나 있다. 하지만 그것을
하느냐 마느냐는 순전히 자기 절제에 달려 있다.

악은 즐거움 속에서도 괴로움을 주지만, 덕은 고통
속에서도 우리를 위로해 준다.

- C.C.콜튼

나쁜 짓은 언제나 순간의 쾌락을 동반한다. 하지만 그 순
간이 지나고 나면 긴 괴로움의 시간 뿐이다. 이런 것들이
반복되면 파멸에 이르고 만다.

부란 바닷물과 비슷하다. 마시면 마실수록 목구멍
에 갈증이 오는 것이다.

- 쇼펜하우어

백억을 가진 사람은 고민이 없을 것 같지만 사실은 이백
억을 못 만들어서 더 걱정이 많다는 사실에 매우 놀란 적
이 있다. 스스로의 객관적인 자기만족의 기준이 없다면
늘 노심초사하면서 인생을 살아가야 할 것이다.

질투 속에는 사랑보다 이기심이 더 많다.

- 라 로시코프

질투가 간혹 사랑의 다른 형태로 오인되는 경우가 있는
데 그것은 희생이 그만큼 모자라다는 반증이다.

한 사람을 죽이면 그는 살인자다. 수백만 명을 죽이면 그는 정복자이다. 모든 사람을 죽이면 그는 신이다.

- J.로스탕

전쟁은 지금까지 살아왔던 모든 것들의 파괴이다. 어떤 경우에도 전쟁은 피해야 한다.

술잔과 입술 사이에는 많은 실수가 있다.

- 팔다라스

적당한 음주는 건강을 유지하는 비결이지만 지나친 음주는 나와 가족을 망치는 지름길이다.

술은 비와 같다. 즉 진흙에 내리면 진흙은 더욱 더 럽게 되나, 옥토에 내리면 아름답게 하고 꽃 피게 한다.

- J.헤이

요즘은 술 한잔 못마시면 사람 사귀기 힘든 세상이다. 어 딜 가나 술자리는 있다.
자신의 주량에 맞는 음주는 대인관계를 좋게 만든다.

습관이란 인간으로 하여금 어떤 일이든지 하게 만 든다.

- 도스토예프스키

전혀 될 것 같지 않았던 일들도 습관으로 되어지는 경우 가 많이 있다.
좋은 습관이 나를 성공으로 이끈다.

너에게 명예가 오면 기꺼이 받으라. 그러나 가까이 있기 전에는 붙잡으려고 손을 내밀지 말라.

- J.B.오라일리

어떤 댓가든지 바라고 행하면 부작용이 생기게 마련이다. 열심히 일하고 댓가는 거기에 따라가는 형태가 가장 좋은 현상이다.

부귀공명의 마음을 다 놓아버려야 범속의 자리를 벗어날 것이요, 인의나 도덕의 마음을 다 털어버려야 비로소 성현의 자리에 들어갈 것이다.

- 채근담

좋은 곳에서 자고 싶고, 맛있는 음식을 먹고 싶은 것이 모두 인간의 마음이라고는 하지만 이 모든 것들이 사리에 맞지 않고 남의 것을 탐한 것이라면 자신의 몸을 망가뜨리는 독약과도 같은 것이다.

명예는 물 위의 파문과 같으니, 결국은 무로 끝난
다.

- 셰익스피어

명예를 쫓는 사람들이 인생의 마지막에 깨닫는것은 명예
의 최고 꼭대기에는 아무것도 없다는 것이다. 늘 처음과
같은 것이 명예이다.

사람은 자기가 한 약속을 지킬 만한 좋은 기억력을
가져야 한다.

- 니체

습관적으로 약속을 어기는 사람은 언젠가 다른 이들에게
서도 똑같은 경우를 당할 것이다.

오랜 약속보다 당장의 거절이 낫다.

- 덴마크 격언

거절하지 못해서 마지못해 한 약속도 다른 이들은 약속
이라 생각하고 기대할 것이다.
지켜지면 다행인데 그렇지 못하는 경우가 훨씬 많이 있
다. 약속도 못 지키고 사람도 잃는 경우이다.

강요당하고는 절대로 말하지 말라. 그리고 지킬 수
없는 것은 말하지 말라.

- J.R.로우얼

지키지 못한 약속에 꼭 나오는 변명 중에 하나가 그 상황
이 그런 약속을 할 수밖에 없었잖아이다. 그것은 변명에
지나지 않는다. 누가 있어 듣기 좋은 소리만 하고 싶지
않은 사람이 있겠는가? 자신의 능력과 시간과 상황을 고
려하고 약속을 해야 불상사가 안 생긴다.

해 놓은 약속은 미지불의 부채이다.

- R.W.서비스

어떤 약속이건 내 입으로 한 약속은 그것을 지킬 때까지
는 마음의 빚으로 남아 있다.
빚이 많이 있으면 세상 살아가는데 그만큼 마음의 고통
일 뿐이다.

약속을 잘하는 사람은 잊어버리기도 잘한다.

- T.플러

약속을 남발하는 사람은 어느 것이든 못 지켜지는 것이
있다. 그것이 기억을 못해서 그렇든 상황이 그래서 못 지
켜지든 문제가 되는 것은 마찬가지이다.

비통 속에 있는 사람과의 약속은 가볍게 깨진다.

- J.메이스필드

어려움 속에 있는 사람들은 정확한 판단을 하기가 어렵다. 그것을 이용해 무리한 약속을 강요하고 그것을 지키라고 하는 것은 나쁜 짓이다.

약속을 지키는 최선의 방법은 약속을 하지 않는 것이다.

- 나폴레옹

누구나 약속을 하지만 약속한 것을 다 지키는 사람은 없다. 그렇다고 지키지 못한 약속에 대해서 반성없이 지나간다면 다른 이들에게 믿음을 금새 잃어버릴 것이다.

사람들은 약속을 어기지 않는 것이 양자에게 다같이 유리할 때 약속을 지킨다.

- 솔론

일방적인 약속은 언제나 반은 못 지킬 것을 안고 있는 것이다.

자화자찬하는 사람은 자신 외에는 아무도 보지 못하는 법이다.
자신만을 보는 사람의 신세보다는 오히려 장님이 더욱 낫다.

-사아디

벼는 익을수록 고개를 숙이는 법이다. 작은 일에도 호들갑을 떠는 사람들은 종종 사회에서 격리되는 경우가 있다.

가르치는 것은 두 번 배우는 것이다.

- J.주베르

머릿속에는 잘 알고 있다고 생각하는 것도 막상 실행해
보려면 잘 안 되는 경우가 많이 있다.
가르치는 것만큼 좋은 복습이 없다.

어려운 일을 쉽게 만들 수 있는 사람이 교육자이
다.

- 아미엘

어둠의 길을 산념의 등불로 밝히며 앞으로 나가는 사람
들이 교육자이다. 이런 분들을 존경하지 않는 사회는 언
제나 길을 잃고 헤매게 된다.

가르친다는 허영심은 때로는 인간으로 하여금 자
신이 바보라는 사실을 잊도록 유도한다.

- 핼리팩스

누군가를 가르치면서 겸손하기는 매우 힘들다. 그래서 더
욱더 존경 받을 만한 것이다.

우리를 신뢰하는 자가 우리를 교육한다.

- G.엘리어트

무엇인가를 가르치려면 반드시 그 사람을 믿어줘야 한다.
그렇지 않다면 배움에 있어서도 가르침만 할 것이다.

배운다는 것은 사치다. 그러나 배움의 사치가 가르
침의 사치와 비교될 수는 없다.

- R.D. 히치코크

뭔가를 배울 수 있다는 것은 인간의 축복이다. 자신의 부
족함을 깨닫고 그것을 채워나가는 과정이 인생이며 또한
즐거움이다.

학문은 잠시도 쉬어서는 안 된다. 푸른 색깔은 쪽
에서 나오지만 쪽보다 더 푸르고, 얼음은 물이 만
들지만 물보다 더 차다.

- 순자

잠시 잠깐의 배움이 인생의 배움에 전부인 양 떠드는 사
람은 아직도 배울 것이 많이 남아 있다는 것이다. 죽을
때까지 배워도 아무것도 배우지 못한 사람과 별반 다를
것이 없다.

한 명의 훌륭한 교사는, 때로는 타락자를 건실한
시민으로 바꿀 수 있다.

- P.윌리

위대한 스승은 때때로 세상의 불가능한 것들도 가능하게
하는 경우가 종종 있다.
하지만 훌륭한 교사가 세상에 그렇게 많지 않은 것이 문
제이다.

행할 수 있는 자는 행하게 하고, 행할 수 없는 자는
가르친다.

- G.B.쇼

아는 것을 행동에 옮기게 하는 것이 교육이다. 배우고 행
하지 않으면 처음부터 다시 배워야 하는 것이다.

세 사람이 걸어가면 반드시 나의 스승이 있다.

- 공자

훌륭한 스승을 모시기 위해 많은 시간 기다릴 필요도 먼 곳에 찾아 다닐 필요도 없다.
지나가는 모든 사람들과 세상 모든 사물들이 좋은 스승인 것이다. 아무리 하찮은 물건이라도, 경멸하는 인간일지라도 배울 점은 항상 있는 법이다.

구해서 얻은 사랑은 좋은 것이다. 그러나 구하지 않고 얻은 것은 더욱 좋다.

- 셰익스피어

사랑은 하고 싶다고 해서 되는 것도 하지 말자고 안 되는 것도 아니다. 자연스러운 현상이 가장 좋은 것이다.

만약 한 사람의 인간이 최고의 사랑을 성취한다면

그것은 수백만의 사람들의

미움을 해소시키는데 충분하다.

- M.K.간디

사랑을 실천하며 역사를 바꾼 위대한 사람들은 얼마든지 있다. 큰 역사의 흐름을 바꾸는 데는 한 사람만으로도 충분하다.

배우려고 하는 학생은 부끄러워해서는 안 된다.

- 히레르

모르는 것을 부끄러워하면 배움의 첫걸음도 못 뛰는 격이다. 배우지 않는 것이 부끄러운 것이다.

공부 잘한 사람만이 사회에서 성공하는 것은 아니다. 배운 것을 응용할 줄 알아야 한다.

- 손자병법

머리에 지식만 가득하고 그것을 이용하지 않으면 아무 쓸모가 없다. 배우는 것은 결국 쓰기 위함이다.

고통을 거치지 않고 얻은 승리는 영광이 아니다.

- 나폴레옹

공짜가 좋기는 하지만 자신이 제일 애정을 쏟는 물건은 자신의 노력으로 얻은 것이다.

내 사전에 불가능이란 없다.

- 나폴레옹

불가능한 것은 가능하기 때문에 존재하는 것이다. 너무 쉽게 이루어지면 재미가 없을까 싶어 신이 만들어 놓은 일종의 놀이인 것이다.

승자는 시간을 관리하며 살고, 패자는 시간에 끌려 산다.

-J.하비스

단 1초라도 헛되이 보내지 않는다면 우리는 반드시 인생의 성공을 성취할 수 있다. 하지만 사람들은 인생의 대부분을 그냥 흘려보낸다.

시작하라. 그 자체가 천재성이고 힘이며 마력이다.

-괴테

자신의 머릿속에 생각하고 있는 일들 중에 백분의 일만 실천해도 세상에서 가장 위대한 사람이 될 것이다. 머뭇거리지 말고 실패의 두려움에 사로잡혀 있지 말고 지금 당장 시작하자.

잠자는 자는 꿈을 꾸고, 깨어 있는 자는 꿈을 이룬다.

열심히 노력하는 자에 자신의 꿈도 미소짓는다. 게으름은 꿈을 이루는데 가장 큰 적이다.

실패한 자가 패배하는 것이 아니라 포기한 자가 패배하는 것이다.

-장 파울

포기는 그 뒤에 아무것도 없다는 것이다. 이것은 죽음과도 같은 것이다. 죽기 전에는 포기해서는 안 되는 것이다.

힘은 뼈와 근육에서 나오는 것이 아니라 불굴의 의지에서 나온다.

-간디

건강한 신체도 중요하지만 무엇인가 이루고자 하는 확고한 의지가 밑바탕이 되지 않고는 무난히 결승점을 통과할 수 없다.

1퍼센트의 가능성, 그것이 나의 갈 길이다.

-나폴레옹

세상엔 확실한 것은 아무것도 없다. 안 될 것을 생각하지 말고 가능성을 가지고 모든 것에 임한다면 좋은 결과를 얻을 수 있다.

맹인들의 나라에서는 애꾸가 왕이다.

-에라스무스

애꾸가 사회의 지도층이 되지 않으려면 우리 모두 공부를 해야 한다.

1년 간의 행복을 위해서는 정원을 가꾸고, 평생의 행복을 원한다면 나무를 심어라.

자기 앞에 놓인 고난은 긴 인생의 시간에서 잠시 잠깐이다. 누리고 있는 행복도 바로 내일이면 사라질 것이다. 행복할 때 먼 미래를 생각하지 않으면 하루 행복하고 평생을 불행 속에서 살아야 한다.

만일 선행이 어떤 일 때문에 행하여 진다면 그것은 벌써 진정한 선행이 아니다.

-톨스토이

자신만이 전부이고 점점 각박해져가는 이 세상엔 댓가를 바라고 행해지는 선행이라도 흉내라도 내는 사람이 있었으면 좋겠다.

우리를 피로하게 하는 것은 사랑이나 죄악 때문이
아니라 지나간 일을 돌이켜 보고 탄식하는 데서 온
다.

-앙드레 지드

내 인생의 뒤를 추억해보면 그땐 왜 내가 그랬을까? 하
는 후회들이 연속되어진다. 하지만 그것들이 모여 지금의
자신이 있는 것이다. 모두 사랑하지 않으면 앞으로 발전
은 없다.

뜻을 세우는 데는 늦었다는 법이 없다.

-볼드윈

늦었다고 생각하는 순간이 가장 빠른 때이다. 나이가 들
어서 어떻게 시작하지라는 것은 변명에 지나지 않는다.

충고는 남이 모르게, 칭찬은 여러 사람 앞에서 해
야 한다.

- 푸블릴라우스 시루스

충고는 때와 장소 그리고 상황을 살피지 않고 하면 역효
과가 난다. 방법을 모른다면 처음부터 하지 않는 것이 훨
씬 나을 수도 있다.

강에서 물고기를 보고 탐내는 것보다 돌아가서 그
물을 짜는 것이 옳다.

-예악지

내 주위에는 성공한 사람들이 많이 있다. 하지만 나는 그
사람들을 부러워만 하고 있지는 않다. 조용히 내 할 일
을 하고 기회를 기다리는 것이다.

청춘은 온갖 것이 모두 실험이다.

-스티븐스

아무것도 없는 상태이기 때문에 무엇이든 가능하다. 생각하고 있는 모든 것을 실행하고 실패해보는 것은 먼 미래에 대한 투자인 것이다.

우리들의 최대의 영광은 한 번도 실패하지 않는 것이 아니라, 쓰러질 때마다 일어나는 데 있다.

-골드 스미스

실패가 실패로만 끝나지 않으려면 실패 속에서 다시 시작해야 한다. 실패에서 그대로 주저앉아 있으면 말 그대로 실패한 인생밖에는 안 되는 것이다. 적지 않은 굴욕도 있을 수 있고, 자존심에 상처도 받았겠지만 그래도 반드시 일어서야 한다. 긴 시간을 자신을 갈고 닦는다면 반드시 성공을 이룰수 있다.

고귀한 일은 모두 처음에는 '불가능한 일'로 보인
다.

-칼라일

남들이 해 놓은 일들에 대한 평가는 누구나가 할 수 있는
아주 쉬운 일이다. 하지만 그 일을 처음 시작하는 사람은
극히 드물 뿐더러 아무도 가능하다고 생각하지도 않는다.

부자가 되는 자격은 가난한 집안에서 태어나는 것
이다.

-카네기

자신의 부모가 가난하다고 하여 너무 낙담할 필요가 없
다. 그것은 부자가 되는 자격을 얻은 셈이다.

목적이 멀면 멀수록 더욱더 앞으로 나아감이 필요
하다. 성급히 굴지 말라. 그러나 쉬지 말라.

-G.마치니

인생을 살아감에 있어 가장 좋은 방법은 거북이 걸음이
다. 천천히 쉬지 말고 가면 다른 어떤 사람보다 먼저 꿈
을 실현할 수 있다.

만일 그대가 분에 넘치는 수입을 얻었다면, 그때
누군가가 일을 하고도 그 보수를 못 받은 자가 있
다.

-메므드위

노력한 것보다 높은 것을 성취하는 것은 남의 이익을 가
로채는 것이나 다름이 없는 것이다.
다른 이의 노력이 나의 행운이 되는 경우가 사회에는 종
종 있다.

진정한 행복을 만드는 것은 수많은 친구가 아니며,
훌륭히 선택된 친구들이다.

-벤 존슨

친구의 많고 적음이 결코 행복의 척도가 될 수 없다. 좋
은 친구 한 명이 백 명의 그저 그런 친구보다 내게 더 힘
이 되는 것이다.

될 수 있을지 없을지는 모른다. 그러나 하지 않으
면 안 된다.

-무솔리니

언제나 결과는 예측할 수 없다. 된다는 보장이 있다면 세
상에 누가 그 일을 하지 않겠는가? 피나는 노력을 해도
되지 않는 경우가 허다하지만 그래도 해야 하는 것이다.
아무것도 하지 않는 사람들은 언제나 구경꾼일 수밖에는
없다.
실패의 가르침도 성공의 쾌감도 모두 시도하는 사람들의
몫이다.

용서함은 좋은 일이다. 그러나 잊어버려 주는 일은
더욱 좋은 일이다.

-G.아놀드

최고의 용서는 처음부터 없던 일로 하는 것이다. 그러나
이것이 그렇게 쉬운 일이 아니고 누구에게 베푸는 것도
아니다.

내일이란 어리석은 사람의 달력에만 있다.

입버릇처럼 "내일 하지 뭐"라는 말을 달고 사는 사람들
은 10년이 지나고 다시 봐도 항상 그 자리에 있다. 나를
발전시키고 꿈을 실현하는 사람들에게는 내일이 있을 수
없다.

『열매를 맺지 않는 꽃은 심지 말고, 의리 없는 벗은 사귀지 말라.』

-명심보감

의리가 있고 없고는 한두 해 사귐에 있어 나타나지는 게 아니다. 자의적 판단으로 오직 자신의 이익에 비춰 친구의 의리를 판단하는 것도 금물이다. 이것은 도리어 상대방의 정리대상 1순위가 되는 경우이다.

삶의 어두운 길을 인도하는 유일한 지팡이는 양심이다.

-하이네

아무리 흉악한 범죄자라도 마지막 양심은 있는 것이다. 양심도 없는 사람은 인간이길 포기한 사람들이다.

언제까지 계속되는 불행이란 없다.

-로맹롤랑

행복도 불행도 태어날 때부터 죽을 때까지 지속되는 것이 아니다. 중요한 것은 그 모든 것들이 다른 것들이 아닌 나의 노력 여하에 따라 달라진다는 것이다.

역경은 사람을 부유하게 하지는 않으나 지혜롭게 한다.

-풀러

세상을 살아가면서 큰 어려움을 한번 헤쳐나오면 많이 성숙하고 세상을 보는 지혜도 그만큼 생기게 마련이다.

위대한 것 치고 정열 없이 이루어진 것은 없다.

-R.에머슨

꿈을 실현하기 위해서는 굳은 신념이 필요하다. 이 신념
은 뭔가를 이루고자 하는 열정이 밑바탕 되지 않고는 한
순간에 허물어지는 경우가 있다.

햇빛이 있는 동안 건초를 만들어라.

-세르반테스

유년시절엔 아무 생각 없이 마음껏 놀아보고 학교에선
열심히 공부하고 사회에 나가서는 땀 흘려 일을 해야 한
다. 그 시절에 할 수 있는 일을 하지 않으면 그 시간은
다시 오지 않는 것이다.

용서가 최고의 복수이다.

-조시 빌링스

용서란 상대방의 행동에 대한 무기력한 굴복이 아니다. 그런 것들조차 품을 수 있는 내 마음의 깊이를 측정해보는 적극적인 행동의 발현인 것이다.
한 번의 용서가 다른 이의 미래에 후회와 또 다른 용서가 잉태되는 것이다.

먼저 의심하라. 다음에 탐구하라. 그리고 발견하라.

-바클

어린아이들에게 호기심을 배양시키는 프로그램들이 여럿 있다. 무엇이든 "왜" 라는 명제가 위대한 창조의 기초가 되는 것이다.

불신은 또 다른 불신을 낳는다.

-퍼블릴리우스 시러스

불신은 내가 아닌 다른 사람을 대상으로 하지만 죽어가는 것은 나 자신이다.

자기 교육의 진정한 방법은 모든 것을 의심해 보는 일이다.

-존 스튜어트 밀

생활의 달인이란 프로그램을 보면 긱 분야에서 최고의 기술을 가진 사람들이 나와서 상상도 못하는 결과를 돌출하는 장면이 있다. 이런 사람들의 행동양식은 당연한 모든 것을 의심하는 데서 찾을 수 있다. 그래서 자신만의 방법을 새롭게 창출하는 것이다.

기회를 기다려라. 그러나 절대로 때를 기다려서는
안 된다.

- F.M. 밀러

기회는 열심히 일하는 사람들에게 주어지는 일종의 보너
스이다. 말 그대로 보너스는 보너스일 뿐이다. 일도 하지
않는 사람에게는 보너스가 지급되지 않는다.

숙고할 시간을 가져라. 그러나 일단 행동할 시간이
되면 생각을 멈추고 돌진하라.

-나폴레옹

일에 대한 추진력이라는 것은 그냥 무작정 막무가내로 밀
어붙이는 것이 아니다. 어떤 일을 앞에 두고 자신의 경험
과 주위의 조언을 충분히 듣고 정확한 상황판단을 해야
한다.
다만 생각은 거기까지이다. 일단 일을 시작하면 예측하지
못했던 상황들일지라도 뒤돌아보아서는 안 된다. 결승점
까지는 내달려야 하는 것이다.

개선으로부터 몰락까지의 거리는 단 한걸음에 지
나지 않는다
나는 사소한 일이 가장 큰 결정을 하는 것을 보았
다.

-나폴레옹

작은 성공은 인생의 긴 여정 속에서 단지 찰나에 불과한
것이다. 그것을 가지고 스스로에게 다짐을 했던 모든 것
들을 푼다면 결코 인생은 즐거울 수 없다.

정치꾼은 다음번 선거를 생각하고, 정치가는 다음
세대의 일을 생각한다.

-크라크

해방 이후 눈부신 경제성장과 더불어 정치도 많은 발전
이 왔다. 이제 우리에게도 존경할 만한 정치가가 한 명쯤
은 나올 때도 된 것 같은데 지금 현실은 깜깜한 게 국민
들에게 좌절만 안긴다.

정치와 돈과 부패는 한 통속이다.

-월터 리프먼

정치가 있는 곳에 돈이 있고 돈이 있는 곳에 부패가 있다. 더더욱 슬픈 것은 사람이 있는 곳에 정치가 없을 순 없다는 것이다. 그렇다고 무관심하다면 부패는 치유되지 않는다. 이럴 때일수록 좀 더 관심을 가지고 참여해야만 이 더 이상 곪아지는 것을 방지할 수 있는 것이다.
영원히 완전히 치유될 수는 없지만 조금씩이라도 회복될 수 있도록 해야 하는 것이다.

돈을 버는 데 그릇된 방법을 썼다면 그만큼 그 마음속에는 상처가 나 있을 것이다.

- 빌리 그레엄

정당한 방법으로 땀 흘려 벌지 않으면 죄값을 교묘히 피해갔더라도 죽는 날까지 마음의 빚으로 남아 항상 자신을 괴롭힐 것이다.

만일 사람이 확신을 가지고 무엇인가를 시작한다
면 의혹으로 끝날 것이다.

그러나 의혹을 가지고 시작함으로써 확신으로 끝
날 것이다.

-베이컨

한 치 앞도 알 수 없는 내일은 미리 생각할 필요 없다. 넘
겨짚어 생각하는 그 마음이 자칫 일을 잘못된 방향으로
가게 하는 경우가 많이 있다. 그럴 바에야 최악을 생각하
고 일을 시작하는 것이 좀더 좋은 결과를 얻는 경우가 많
이 있다.

참다운 욕구 없이 참다운 만족은 없다.

- 볼테르

욕심에도 여러 가지 종류가 있다. 욕심이 탐욕으로 변질
되면 그것은 이 세상 그 어떤 것도 채울수 없지만 적당한
욕심은 성공으로 인도한다.

악은 즐거움 속에서도 괴로움을 주지만, 덕은 고통 속에서도 우리를 위로해 준다.

- C.C.콜튼 "라콘"

넉넉하지 못하지만 내가 가진 것을 나눠주면서 행복함을 느끼는 사람들의 생각은 나누지 못한 사람은 도저히 이해할 수가 없다. 그 행복은 이 세상 그 어떤 행복보다 위대하고 쉽사리 사라지지도 않는다.

사람이 얼마나 행복한가는 그의 감사의 깊이에 달려 있다.

-죤밀러

지금 내가 누리고 있는 이 행복이 모두 자신의 노력만으로 이루어졌다고 생각하는 것은 이 세상을 혼자 살아가겠다고 말하는 것과 같은 것이다.
주위의 사람들이 있어 내 행복이 있음을 명심해야 할 것이다.

인간은 생각하는 것이 적으면 함부로 지껄인다.

-몽테스키외

아무 말이나 입에서 나오는 대로 내뱉어서 주위 사람들에게 상처를 주는 사람들이 있다.
솔직한 성격 탓에 그런다고 말하지만 사실은 머릿속에서 생각이 없어서 그렇게 말하는 것이다.

건설적으로 사랑한다는 것은 자신을 사랑하는 것이다.
다른 사람만을 사랑하는 사람은 사랑을 할 줄 모르는 사람이다.

-에리히 프롬

인간은 태어나는 그 자체로 누구에게나 사랑 받을 자격이 있는데 자기 자신에게는 오죽할까? 나를 사랑하지 못한다면 세상의 모진 풍파를 헤쳐나가기가 얼마나 힘든지는 조금만 나이가 들면 알 수 있을 것이다.

만족을 찾아 헤매지 말라. 그보다는 항상 모든 것
속에서
만족을 발견하려는 마음의 자세가 중요하다.

-존 러스킨

만족과 도전은 반대말인 것처럼 들리지만 사실은 실과
바늘의 관계이다. 만족할 수 있는 마음이 다음 도전도 가
능하게 하는 밑거름인 것이다.

무엇인가 의논할 때는 과거를,
무엇인가 누릴 때는 현재를,
무엇인가 할 때는 미래를 생각하라.

-세네카

지금 내가 누리고 있는 이 행복이 과거의 행동에 대한 보
답이라면 미래의 행복을 위해선 마냥 앉아서 쉴 수만은
없을 것이다. 모든 미래는 지금 내가 어떻게 행동하느냐
에 따라 얼마든지 달라질수 있는 것이다.

최후의 승리는 출반선의 비약이 아니라
결승점에 이르기 까지의 끈기와 노력이다.

-워나 매커

시작만 요란하고 거창하나 끝이 무딘 사람치고 어떤 조
직에서 환영 받는 걸 보지 못했다. 큰 일이든 작은 일이
든 끝맺음할 수 있다는 건 시작하는 것의 몇 천 배는 힘
이 들기 때문이다.

나를 화나게 하는 것은 당신이 거짓말을 했다는
사실이 아니라
이제 내가 당신을 믿을 수 없게 되었다는 사실이
다.

-니체

거짓말이 항상 신뢰를 깨뜨리는 원인은 아니지만
믿음을 담보로 거짓말을 해서는 안 된다

세상이 자기를 행복하게 해주지 않는다고 불평하는 것은 이기적인 병이다.
왜 행복을 소비할 것만 생각하고 생산할 것은 생각지 않는가?

-버나드 쇼

행복을 만드는 공장이 있다.
일하고, 웃고, 남을 배려하고, 사랑하는
모든 일들이 행복을 만드는 공정에 속한다.
이 세상 모든 사람들이 이 공장의 인부들인 것이다.

우선 겸손을 배우려 하지 않는 자는 아무것도 배우지 못한다.

- O.메러디드

배움이란 지하철엔 중간중간에 겸손이란 역이 있다. 이 역에 정차하지 않고 그냥 내달리면 반드시 어딘가에서 사고가 난다.

나는 누구에게도 굴복하지 않지만 열심히 일한 사람에게는 머리를 숙인다.

-에디슨

힘들여 땀 흘린 사람만큼 고귀한 사람도 없다. 주위의 환경에 휩쓸리지 않고 자신의 위치에서 해야 할 일을 묵묵히 하는 사람들을 우리 주위에서 많이 찾아볼 수 있다.
우리 사회는 그런 사람들이 대우를 받는 사회였으면 좋겠다.

행운은 위대한 스승이다. 불운은 더욱 위대한 스승이다.

- 하즈리

스승이란게 다른 게 없다. 경험을 통해 내가 배움이 있다면 그게 바로 스승인 것이다.
그런 면에서 불행, 고난, 역경과 같은 것들은 위대한 스승이라 하겠다.

사람들이 당신에 대해서 악평을 한다면 아무도 그들의 말을 믿지 않도록 살아라.

-플라톤

거친 폭풍우에도 쓰러지지 않는 굳건한 신뢰를 쌓는 것은 하루아침에 되는것이 아니다.
오랜 시간에 걸쳐 올바른 행동이 반복되어질 때만이 가능한 것이다.

산이 높을수록 골은 낮다.

- T.풀러

많이 알지 못하는 사람이 남을 무시하고 떠벌린다. 다 알고 있는 사람은 모든 사람을 배려할 줄 아는 사람이다.

입은 화의 문이요, 혀는 몸을 베는 칼이다. 입을 닫고 혀를 깊이 간직하면 몸이 튼튼하고 마음이 편할 것이다.

자신이 무심코 내뱉은 말이 다른 사람에게는 큰 상처가 될 수 있음을 명심하자.

위대한 희망은 위대한 인물을 만든다.
산은 오르는 사람에게만 정복된다.

-토머스 풀러

꿈은 이루고자 하는 열정이 있는 사람의 눈에만 보이는 것이지
아무것도 하지 않는 사람에게는 눈을 씻고 찾아봐도 볼 수 없다.

한 나라를 세우기 위해서는 일천년도 부족하지만,
그것을 무너뜨리기 위해서는 단 한 시간으로도 족
하다.

- 바이런

메이저리그를 보면 시즌 초반엔 3할 타자들이 더러 많이
있다. 하지만 시즌이 종료되고 나서 결산을 해보면 3할을
치는 타자들이 그렇게 많지 않다는 것을 알 수 있다.

또한 5년 10년을 꾸준히 3할을 치는 타자는 극소수에 불
과하다.

이런 사람을 메이저리그에서는 명예의 전당에 헌액한다.
그리고 존경하는 것이다. 단지 야구를 잘해서가 아니라
그렇게 오랜 시간 동안에 자신의 기량을 유지하기 위해
선 단순히 운동경기 이상의 자기관리가 필요하기 때문이
다. 그것은 아무나 되는 것이 아니기 때문이다.

잠깐 동안의 성공은 누구나 할 수 있는 것이다. 정작 중
요한 것은 성공 뒤에 자기관리에 있다.

그것을 못하는 사람은 아무리 큰 성공을 거둔다 해도 찰
나의 시간일 뿐이다.

역경에 처했다고 상심하지 말고 성공했다고 하여
지나친 기쁨에 휩쓸리지 말라.

-호라티우스

실패와 성공은 작은 바람에도 뒤집히는 종이의 양면과도
같다.
고난이 닥쳐올 때 성공을 생각하고 성공했다고 생각하는
순간에 안주하는 마음을 떨쳐버려야 한다.

조금밖에 모르는 사람이 말이 많다.
많이 아는 사람은 침묵을 좋아한다.

-루소

말이 많기 때문에 조금 아는 것이 아니다. 아는 것이 없
어서 떠드는 것이다.

인간의 됨됨이는 그가 가진 지식에 있는 것이 아니라. 지식을 갖기 위해 노력하는 데에 있다.

-레싱

지금 옆을 보면 동료들 중에 앞선 사람도 있고 뒤처진 사람도 있을 것이다. 그것은 오늘까지이다. 나의 노력이 얼마든지 앞서 나갈수 있게 하지만 노력하지 않으면 언제든 뒤처지고 말 것이다.

이해하고 있지 않은 것은 소유하고 있는 것이 아니다.

-괴테

누가 시켜서 억지로 하는 일들은 대부분 성과가 나지 않을 뿐더러 자신에게도 결코 도움이 되지 못한다. 왜 해야하는지 정확히 알고 일을 할 때 시킨 사람도 하는 사람도 모두 좋은 성과를 기대할 수 있는 것이다.

무식한 것을 두려워하지 말라.

허위의 가식을 가지고 있음을 두려워하라.

-괴테

모르는 것은 배우고자 하는 마음이 있다면 더 이상 부끄러운 것이 아니다. 정작 부끄러운 것은 모르면서 아는 척하는 것이다.

거만한 사람은 타인과 거리를 둔다.

그런 거리에서 보면 타인이 자신에게는 작게 보이기 때문이다.

그러나 결국 자기 자신도 그들에게 작은 크기로 비춰진다는 것을 잊고 있다.

-찰스 칼렙 콜튼

남의 눈의 작은 티끌은 잘 찾아내면서 정작 자신의 눈속에 있는 대들보는 보지 못한다.

남을 비판하려거든 먼저 자신을 돌아보는 지혜가 필요하다.

마음에도 없는 말을 하기보다 침묵하는 쪽이 차라
리 그 관계를 해치지 않을 지도 모른다.

-몽테뉴

어설픈 말 몇 마디보다 짧은 침묵으로 손을 잡아 주는 것
이 좀 더 위안이 될 때가 있다.

목재는 마를 때까지 지식은 숙달이 될 때까지
제멋대로 써서는 안 된다.

- 홈스

면허없이 운전하는 것은 자신과 죄없는 다른 사람의 목
숨까지도 앗아갈 수 있다.
완전하지 못한 지식이 밖으로 나왔을 때는 전 인류의 목
숨도 장담할 수 없다.

끝이 나기 전에는 무슨 일이든 불가능하다고 생각
하지 말라.

-키케로

죽기 전에는 아무것도 끝난 것이 아니다. 포기하지 않는
한은 여전히 성공의 기회는 열려있는 것이다.

만나고 사랑하고 이별하는 모든 것들이

인간이 살아가는 이야기이다.

남자 그리고 여자

남자가 아무리 이론을 늘어놓아도,
여자의 한 방울 눈물에는 당하지 못한다.

-볼테르

남자가 야생동물이라면,
여자는 이 야생동물을 길들이는 자이다.

-폴리스 바이언

남자가 여자를 사랑하는 첫째 조건은 그 여자가
자기 마음에 드느냐 안 드느냐 하는 것이다.
그러나 여자에 있어서는 한 가지 조건이 더 필요하
다.
그것은 자기의 선택이 다른 사람의 마음에 드느냐
안 드느냐인 것이다.

-노만 V. 필

사랑하는 사람들은 혼자가 된다. 진정으로 사랑하
는 사람들은
상대방이 혼자가 되는 것을 방해하지 않는다.

-브하그완

연애는 누구나 자신을 속이는 데서 시작하고,
남을 속이는 데서 끝나는 것이 보통이다.
이것이 지상에서 일컬어지는 로맨스이다.

-와일드

질투는 늘 사랑과 함께 탄생한다.
그러나,반드시 사랑과 함께 사라지지는 않는다.

-라 로슈프코

가장 정열적으로 사랑하는 사람은 첫사랑의 애인
이지만,
그녀가 가장 능숙하게 사랑하는 사람은 마지막 애
인이다.

-프레보

남자끼리는 원래 서로가 무관심한 것이지만
여자란 태어나면서부터 적이다.

-쇼펜하우어

남자는 그 여자의 말 때문에 그 여자를 사랑하는
것은 아니다.
여자를 사랑하기 때문에 그 여자의 말을 사랑하는
것이다.

-모르아

남자는 기분으로 나이를 먹고 여자는 외모로 나이
를 먹는다.

-콜린즈

남자는 여자의 첫 번째 사람이고 싶지만
여자는 남자의 마지막 사람이 되고 싶어한다.

-오스카 와일드

남자는 망각으로 살아가고
여자는 추억으로 살아간다.

-T.S. 엘리엇

남자는 미워하는 것을 알고 있다.

그러나 여자는 싫어하는 것밖에 모른다.

-레니에

사랑한다는 말을 매일 들으면 남자는 싫증내지만

사랑한다는 말을 매일 듣지 않으면 여자는 의심을

한다

-W. 스토리

남자는 사랑을 사랑하는 것으로 시작해서 여자를
사랑하는 것으로 끝난다.
여자는 남자를 사랑하는 것으로 시작해서 사랑을
사랑하는 것으로 끝난다.

-구르몽

남자는 세계가 자신이지만 여자는 자신이 세계다.

-괴테

남자는 자기 자신의 비밀보다는 타인의 비밀을 한
층 굳게 지킨다.
여자는 그와는 반대로 타인의 비밀보다는 자기 자
신의 비밀을 더욱 잘 지킨다.

-라 브뤼에르

남자는 자기가 알고 있는 것을 말하고
여자는 상대가 기뻐하는 것을 말한다.

-루소

남자는 자주 사랑하지만 얕다.
여자는 이따금 사랑하지만 깊다.

-바스터

남자란 일단 여자를 사랑하게 되는 날엔,
그 여자를 위해서라면 무엇이든지 해주지만
단 한가지 해주지 않는 것은 언제까지든지
계속해서 사랑해 주는 일이다.

-오스카 와일드

만나고 알고 사랑하고 그리고 이별하는 것이
모든 인간의 공통된 슬픈 이야기다.

-콜리지

사랑은 떨리는 행복이다.
이별의 시간이 될 때까지는 사랑은
그 깊이를 알지 못한다.

-칼릴 지브란

여자가 처음으로 사랑할 때는 연인을 사랑하고 두 번째 사랑을 할 때는 사랑 자체를 사랑한다.

— 프랑수아 드라로슈푸코

여자는 커다란 잘못은 용서할 것이다. 그러나 작은 모욕은 결코 잊어버리지 않는다.

— 토머스 해리버튼

여자란 눈물을 흘리는 남자 앞에서는 냉정을 유지하기 어렵다.

— S.D.코렛

내가 만들어가는 명언이야기

〈인생에서 가장 감명깊게 생각된 명언이나 좋은 글귀를
적고 밑에 그에 대한 사연을 적어 출판사로 보내주시면
좋은 글귀를 뽑아 다음 개정판에 넣어드립니다.〉
보내실 곳은 책 앞면에 보시면 주소가 있고 명언 담당자
앞으로 보내주시면 됩니다.